AF281871

Silke Lüttmann

**Labrador Siley
ermittelt**

Tod

im

beschaulichen

Augustfehn

Ammerland-Krimi

Heimat ist dort,
wo man zu Hause ist

Die Autorin:

Geboren 1971, aufgewachsen in Bad Zwischenahn und nach dem Abitur lange Jahre als Fitnessfachwirt tätig gewesen.

Sie lebt mit einem Hund glücklich im schönen Ammerland und träumt von einem Resthof, auf dem sie Schafe und noch mehr Hunde halten kann.

© 2022 Lüttmann, Silke
Herstellung und Verlag: BoD – Books on Demand, Norderstedt
ISBN: 9783756800148

Prolog

Mein Name ist Siley, ich bin von blauem Blut. Ich lebe mit meinem Frauchen Silke auf einem Resthof und genieße es, wenn ich auf der Weide mit unseren Schafen herumlaufen kann. Silke ist eine Frühaufsteherin, das mir gut in den Kram passt, denn ich habe bereits früh am Morgen mächtig Hunger, so ist das bei uns Labradoren nun mal.

Nachdem Silke und ich vor einigen Monaten in ziemliche Aufregung erlebt haben, als wir einen Toten an der Hengstforder Mühle gefunden hatten und im Laufe unserer Ermittlungen in Lebensgefahr geraten waren, kommt Rainer des Öfteren zu uns. Silke und Rainer kennen sich bereits viele Jahre und, weil ich weiß, dass ich immer Silkes Nummer eins sein werde, stört es mich nicht mehr, wenn er manchmal neben Silke auf dem Sofa sitzt oder auch mal über Nacht bei uns bleibt, dafür bringt er mir aber auch Bestechungsleckerlis mit.

Silke und ich haben ein schönes Leben, doch der Frühling ließ unser Blut in den Adern gefrieren.

1

Der Frühling hatte Einzug gehalten und über Tag ließ ich mir die Sonne aufs Fell scheinen. Silke hatte meine Sonnenliege bereits aufgebaut und so konnte ich den Hof von meinem gemütlich gepolsterten Platz im Auge behalten. Ich konnte die Schafe sehen, die auf der Weide neben dem Stall das frische Gras genossen. Die drei jungen Lämmer tollten umher und ich überlegte kurz, mich ihnen anzuschließen, doch es siegte die Müdigkeit und ich legte meinen Kopf auf die Pfoten und blickte zum Stall, in dem ich Silke arbeiten hörte. Sie mistete die Boxen der Schafe gründlich aus und pfiff dabei leise eine fröhliche Melodie. Die ersten warmen Sonnenstrahlen auf meinem Fell ließen mich schläfrig werden und so nickte ich schließlich ein.

Ein Kitzeln an meinem Ohr weckte mich, Silke kniete neben mir und streichelte mich sanft. Ich räkelte mich, ließ mir von ihr den Bauch kraulen und setzte mich dann auf. Silke sah mich lächelnd an „Na mein Junge? Lässt du es dir gutgehen?" Ich leckte ihr einmal über das Gesicht, worauf Silke lachend aufstand. „Komm, ich bin fertig, wir können nun unsere Damen in den Stall bringen, es wird abends doch noch zu kühl." Ich stand langsam von meiner Liege und streckte mich. Als ich mich umsah bemerkte ich, dass es schon dämmerte, ich musste wohl recht lange geschlafen haben.

Nachdem die Schafe von uns in den Stall gebracht worden waren und sich über das Heu hermachten, schloss Silke noch die Tür vom Hühnerstall und rief mich „Siley, hier her, wir gehen ins Haus, Abendessen!" Das ließ ich mir nicht zweimal sagen und rannte wie der Blitz hinter Silke her, um sie noch vor der Tennentür zu überholen, damit ich als erster am Napf war. Silke lachte laut, da ich auf den Fliesen in der Küche leicht ins Rutschen gekommen war. Sie servierte mir Hühnerleber mit Reis und ich verschlang alles gierig. Sie selbst schmierte sich ein Brot und machte dann Feuer im Ofen. Die Abende waren immer noch kühl und so kuschelte ich mich an Silke und wir genossen die Wärme vor dem Ofen. Sie las mir etwas über Schottland vor und ich lag lang ausgestreckt neben ihr, den Kopf auf ihrem Sch0ß.

Silke gab mir später das Zeichen, dass es Zeit für uns war, ins Bett zu gehen. Ich begab mich auf direktem Weg ins Schlafzimmer und wartete dort auf Silke, die sich noch duschte und die Zähne putzte. Endlich lag sie neben mir und ich kroch mit unter ihre Bettdecke. „Morgen früh müssen wir noch einen Rundballen Heu holen" sagte Silke, „Wir kommen nicht ganz hin bis zur nächsten Lieferung." Ich freute mich und drückte meine Nase in ihr Gesicht. Dann löschte Silke das Licht, küsste mich auf die Stirn und wir schliefen ein.

Am nächsten Morgen wurde ich wach, weil Silke aufstand, draußen war es noch dunkel. „Bleib noch liegen, mein Engelchen, ich brauche noch etwas, bis das Frühstück fertig ist." Ich rutschte dorthin, wo Silke vorher gelegen hatte, damit ich ihren wundervollen Geruch schnuppern konnte. In der Küche klapperte die Pfanne und als ich den Duft von Rührei aufnahm, hopste ich aus dem Bett und trabte ich die Küche. „Du bist rechtzeitig da, wie immer." Ich wedelte freudig mit der Rute und wartete ungeduldig, bis ich meinen Anteil vom Frühstück bekam. Als der Tisch abgeräumt war, drehte Silke ihre Runde durch den Stall, ließ die Schafe und Hühner aus ihren Behausungen und dann streifte sie mir mein neues orthopädisches Geschirr über. Sie selbst zog sich die dicke Jacke und Gummistiefel an. So gewappnet ging es zur Remise, wo Silke unseren alten Audi herausfuhr, mich in den Kofferraum bat und dann den Anhänger ankoppelte.

Silke fuhr nach Augustfehn zu einem Bauern, der für sie einen Rundballen Heu liegen hatte. Ich wartete geduldig im Wagen, bis der Rundballen mit dem

Radlader auf den Anhänger geladen war und Silke noch ein paar Worte mit dem Mann gewechselt hatte. Dann fuhren wir wieder los und Silke sah mich im Rückspiegel an „Du hast so brav gewartet, ich denke, wir machen noch einen kleinen Abstecher und laufen ein Stück den Deich hinauf." Das gefiel mir und ich bellte kurz zustimmend auf. Unser Weg führte zum Bootshaus, von wo aus wir dann ins Aper Tief liefen. Ich rannte immer wieder ein Stück voraus, um dann wieder zu Silke zurückzulaufen. Das Gras war noch nass von der Nacht und die Sonne hatte noch nicht ihre volle Kraft, aber wir genossen die Strecke mit dem Blick ins Naturschutzgebiet.

Silke wollte an der Gabelung umdrehen, doch ich hatte noch keine Lust und lief im Wetzschritt weiter voraus, so dass Silke mit den Schultern zuckte und mir folgte, „Ein paar Meter mehr können auch nicht schaden" murmelte sie. Ich lief auf dem Schotterweg und steuerte den Aussichtsturm an, um dort ein wenig Zeitung zu lesen, während Silke oben auf dem Deich lief und den Blick zwischen Naturschutzgebiet und mir wechselte. Am Aussichtsturm war ich voll damit beschäftigt, die Nachrichten anderer Hunde zu erschnüffeln und erschrak, als Silke einen lauten Schrei ausstieß. Ich sah mich zu ihr um, sie stand versteinert auf Höhe des

Schöpfwerks, die Hände hatte sie vor den Mund gepresst, damit sie nicht weiter schrie. Sofort rannte ich zu ihr hinauf und folgte ihren Augen. Was ich dort sah, ließ mein Blut in den Adern gefrieren...

2

Silke und ich standen bewegungslos oben auf dem Deich und starrten mit aufgerissenen Augen auf das vor uns liegende Schöpfwerk. Ich blinzelte einmal und hoffte, mich zu irren, doch als ich die Augen wieder öffnete war der Anblick unverändert. Vor uns hing ein Mensch. Er war an den Beinen aufgehängt und hing kopfüber am Geländer des Schöpfwerks. Kopfüber? Nein! Der Kopf fehlte. Es war ein grotesker Anblick. Ich fing mich als erster und stupste Silkes Hand, die schlaff herunterhing. Sie sah mich daraufhin an und streichelte mir über den Kopf und sah mir in die Augen. Ganz langsam gingen wir den Deich hinunter, Schritt für Schritt, und näherten uns der vor uns hängenden Leiche, die sachte vom Wind hin und her geschwungen wurde. Wir traten seitlich an das Geländer heran und verschafften uns einen Eindruck. Silke schaute sich um, doch es war außer uns keiner im Aper Tief unterwegs.

„Nicht schon wieder..." murmelte Silke leise und erinnerte mich an unseren letzten Fall. Ich zog mit den Zähnen an Silkes Jacke, damit sie ihr Smartphone herausholt. Sie begriff und zückte ihr Handy. „Wir rufen erst einmal Rainer an" beschloss Silke und wählte seine Nummer. Damit ich mithören konnte, hockte sie sich neben mich und schaltete auf Lautsprecher. „Kaiser am Apparat" meldete sich Rainer, „ich bin es" sprach Silke in das Handy. „Silke! Was für eine Freude am Morgen" freute sich Rainer. „Du musst unbedingt ins Aper Tief kommen, zum kleinen Sperrwehr, Siley und ich haben etwas gefunden...", sie schluckte und blickte wieder zur Leiche, „Bitte, beeile dich." Rainer bemerkte sofort den Ernst der Lage und fragte nicht weiter, „Ich bin in 10 Minuten da!", dann legte er auf und Silke nahm mich in die Arme. Es tat gut, ihre Nähe zu spüren, denn der grausige Anblick der zerstückelten Leiche war furchtbar.

Rainer kam mit schnellen Schritten um die Ecke gebogen, er hatte in der Siedlung geparkt. Silke lief ihm entgegen und ich blieb ihr dabei dicht auf den Fersen, keine Minute wollte ich allein mit der Leiche bleiben. Die beiden umarmten sich und Silke nahm ihn an die Hand und zog ihn mit zum Sperrwehr. Oben auf dem Deich angekommen stoppte Rainer abrupt. Er starrte entsetzt auf die hängende Leiche. „Oh mein Gott!" rief er aus, dann schaute er Silke an, „Hast du schon die Polizei informiert?" Silke schüttelte den Kopf „Nach dem letzten Mal? Erinnerst du dich, wie das abgelaufen ist? Wie sieht das denn aus?" Rainer setzte ein schiefes Lächeln auf „Okayyyy... Ja, die könnten in der Tat auf dumme Gedanken kommen..." Ich sah von einem zum anderen und wartete gespannt, wie es nun weiterginge. „Ich rufe die Polizei an" entschied Rainer. Silke drückte dankbar seinen Arm. „Dann rufe ich nun aber direkt Christian an, damit er jetzt auch herkommt." „Einen Anwalt dabei zu haben, kann sicherlich nicht schaden " gab Rainer zustimmend zurück.

Silke erreichte Christian in seiner Kanzlei, der sie bat, ein paar Minuten mit dem Anruf bei der Polizei zu warten, da er noch einen Termin mit einem Mandaten absagen wollte. Rainer nutzte die Zeit, um in seiner Steuerkanzlei anzurufen, um dort Bescheid zu geben, dass er erst am Nachmittag ins Büro kommen würde. Als er aufgelegt hatte, sah er Silke an „Ich bin Steuerberater, aber du wirbelst mein Leben immer wieder durcheinander." Silke sah betreten auf den Boden, doch Rainer lachte und nahm sie fest in die Arme. „Es war nur Spaß. Du weißt, dass ich fast alles für dich täte. Außerdem bringt das Spannung in meinen Alltag." Silke entspannte sich und gab ihm einen Kuss. „Danke!" strahlte sie ihn an. Ich bellte kurz auf und erinnerte die beiden daran, dass die Polizei angerufen werden musste, denn die Leiche hing immer noch kopflos an den Beinen aufgehängt am Geländer. „Du hast ja recht" sagte Silke und gab mir einen Keks aus dem Leckerlibeutel.

Rainer zückte sein Smartphone und wählte die Nummer der örtlichen Polizei. „Kaiser" meldete er sich, „Ich stehe mit meiner Freundin, Frau Lüttmann, am Aussichtsturm im Aper Tief, dort, wo das kleine Stauwehr ist." „Herr Kaiser, wie kann ich Ihnen helfen?" fragte der Beamte am anderen Ende des Apparates. „Nun ja" begann Rainer, „hier hängt eine Leiche am Geländer des Wehres." Silke stand dicht neben Rainer und lauschte dem Schweigen, das auf Rainers Mitteilung folgte. „Haben Sie gehört?" fragte Rainer, „Schicken Sie bitte eine Streife vorbei." Der Polizist räusperte sich, man konnte hören, dass er sich sammeln musste. „Eine Leiche? Im Aper Tief?" „Sie haben richtig gehört." Der Beamte holte tief Luft „Ist eine Silke Lüttmann bei Ihnen?" Rainer sah Silke an, die mit den Schultern zuckte. „Mir ist bewusst, dass Ihnen das seltsam vorkommen muss, da Frau Lüttmann erst vor wenigen Monaten an anderer Stelle eine Leiche gefunden hat. Das ändert jedoch nichts an der Tatsache, dass hier ein toter Mensch am Geländer baumelt und es notwendig ist, dass die Polizei nun hierherkommt." Rainer sprach langsam und bestimmt. Der Polizist am

Telefon versprach, umgehend eine Streife zu uns zu schicken.

Als Rainer das Gespräch beendet hatte, sah man ihm seine Verärgerung deutlich an. „Was hattest du erwartet? Natürlich sieht das komisch aus, wenn schon wieder Siley und ich einen Toten finden." lachte Silke und griff Rainers Hand, „Danke, dass du da bist." Ich rannte um die beiden herum und bellte. Silke beugte sich zu mir runter und verstand, was ich sagen wollte. „Sag mal, hast du auf dem Weg zu uns, einen Kopf gefunden?" wandte sie sich an Rainer, der sie entgeistert ansah. „Stopp, stopp, stopp! Was hast du vor?" Silke setzte einen unschuldigen Blick auf „Gar nichts" entgegnete sie.

In diesem Moment erschien Christian „Hey ihr beiden, bringt ihr wieder die Gemeinde Apen durcheinander?" begrüßte er Rainer und Silke. Die beiden Männer gaben sich die Hand. Silke begrüßte Christian mit einer Umarmung. „Hast du wieder einen Toten erschnüffelt" wandte der Anwalt an mich. Ich schüttelte den Kopf und Silke erklärte Christian kurz die Sachlage. Der Anwalt schaute sich um und näherte sich dann dem Geländer. Er erschauderte bei dem Anblick „Wer ist nur zu so etwas fähig? Einem Menschen den Kopf abtrennen..." Dann sah er sich um, ging um das Geländer des

Stauwehrs und verschaffte sich einen Eindruck. „Der Kopf war nirgends zu finden?" Rainer schnaubte „Nun fang du nicht auch noch an. Ich sehe schon kommen, dass wir wieder mittendrin statt nur dabei sind." Christian blickte fragend zu Silke. Bevor sie jedoch etwas sagen konnte, standen bereits die Polizeibeamten neben uns.

3

Christian begrüßte die beiden Beamten „Guten Morgen und vielen Dank, dass Sie so schnell erschienen sind. Dass es sich hier um einen Mord handelt, ist aufgrund des abgetrennten Kopfes offensichtlich. Ich habe mir kurz vor Ihrem Eintreffen einen Eindruck verschafft und es ist unmöglich, dass eine Abtrennung des Hauptes durch das Wehr entstanden sein kann, da die Leiche dafür zu hoch hängt, als dass sie sich in den Zwischenräumen verfangen könnte." Die Beamten waren sichtlich irritiert über Christians Erläuterungen und begaben sich dann selbst den Deich hinunter, um sich den kopflosen aufgehängten Toten anzuschauen. Der größere der beiden Polizisten zückte sein Funkgerät und meldete der Zentrale einen Mord und forderte Spurensicherung, Feuerwehr und Leichenspürhunde an.

Die Polizisten sprachen noch kurz mit Christian, Rainer und Silke „Bitte kommen Sie morgen früh aufs Revier, damit wir Ihre Aussage aufnehmen können." Dann wandte sich der kleinere Beamte an Silke „Und Sie halten sich bitte von den Ermittlungen fern." Rainer musste sich das Lachen verkneifen und verabschiedete sich von den Polizeibeamten. Ich zerrte an Silkes Jacke und wollte sie dazu bewegen, dass wir noch etwas bleiben, damit wir mehr Informationen bekämen, doch Silke forderte mich auf, ihr zu folgen. Ich war etwas enttäuscht, aber Silke zwinkerte mir zu und ich verstand und folgte ihr brav. Silke ging mit Rainer und Christian zu deren Wagen. Dort angekommen vereinbarten die drei, dass sie am nächsten Morgen bei uns frühstücken wollten, damit sie dann gemeinsam zum Polizeirevier fahren. Christian stieg als erster in sein Auto und winkte im Wegfahren. Unser Auto stand noch mitsamt Anhänger und Rundballen Heu am Bootshaus. „Soll ich dich zu deinem Auto fahren?" fragte Rainer Silke. „Ja gern" antwortete sie und so sprang ich auf den Rücksitz und legte meinen Kopf auf Silkes Schulter. Rainer hatte Silkes Hand genommen und sie hingen beide ihren Gedanken nach.

Rainer fuhr mit uns zum Bootshaus, wir kamen dabei durch die Siedlung, die ich von früher, als wir noch hier um die Ecke gewohnt hatten, gut kannte. Silke winkte zwei Leuten zu und ich schaute gespannt aus dem Fenster, ob ich einige meiner früheren Hundefreunde sehen würde. Als Rainer den Wagen linksherum steuerte, um zu unserem Wagen zu kommen, der mit dem Rundballen auf dem Anhänger etwas befremdlich in der Siedlung wirkte, blickte er zu Silke „Du wirst nochmal wiederkommen, habe ich recht?" Silke zog eine Grimasse „Ich habe das Gefühl, dass ich den Toten kenne" antwortete sie. „Du kennst den?" brachte Rainer mühsam heraus. „Ich weiß es nicht, schon vergessen? Der Kopf fehlte." Rainer bremste und parkte hinter unserem Anhänger. Er starrte auf den Rundballen. Ich leckte Silke über das Ohr, denn ich wollte endlich aussteigen. Silke sah zu Rainer, der immer noch auf den Rundballen sah, öffnete dann ihre Tür, stieg aus und ließ mich aus dem Wagen. Ich rannte flink zum Bootshaus, um zu schauen, ob inzwischen neue Nachrichten hinterlassen worden waren, während Silke zur Fahrerseite ging und dort die Autotür öffnete. Sie sprach Rainer an „Was ist mit dir?" Rainer löste seinen Blick vom Heuballen und sah Silke an „Ich habe Angst." Sie sah Rainer fragend an. „Erinnerst du dich an das letzte Mal? Das ist gerade mal ein paar Monate her. Du bist bei deinen Nachforschungen oder nennen wir es doch besser Ermittlungen in Lebensgefahr geraten. Siley wäre beinahe umgekommen. Du bedeutest mir so viel." Silke nahm seine Hände und zog ihn aus dem Wagen. „Das habe ich nicht vergessen!" Sie legte ihre Arme um seinen Hals und gab Rainer einen Kuss. „Du bist ein hoffnungsloser Fall" lachte er. Ich fand, die beiden hatten nun lange genug geredet und wollte endlich nach Hause, in meinem Alter ist Schlaf wichtig. Rainer bemerkte mein Drängeln „Fahrt erst einmal nach Hause, ich muss auch in die Kanzlei. Wollen wir heute Abend zusammen kochen?" Silke strahlte, sah mich an und gab zurück „Sehr gerne!" Dann liefen wir zu unserem Auto und Silke winkte Rainer bei der Abfahrt zu.

Auf der Fahrt nach Hause sprach Silke mich über den Rückspiegel an „Siley, was hälst Du von der Sache?" Ich schaute sie an und gab mit den Augen zu verstehen, dass ich nicht bereit war, die Sache auf sich beruhen zu lassen und die Ermittlungen einzig in den Händen der Polizei zu überlassen. Silke nickte „Ich stimme dir zu!" Dann waren wir bei unserem Hof angekommen und Silke rangierte den Anhänger mit dem Rundballen vor die Stalltür. Ich schaute begeistert aus dem Heckfenster zu. Die Schafe standen in Reih und Glied am Zaun und beäugten das frische neue Heu. Nachdem der Anhänger passend stand, ließ Silke mich aus dem Kofferraum und ich schüttelte mich ausgiebig, um den Kopf freizubekommen. Während der Heuballen mit der Gabel am alten Schlepper ausgeladen und von Silke ins Heulager verfrachtet wurde, schlenderte ich gemütlich über den Hof und begrüßte die Schafe. Die jungen Zwillinge forderten mich zum Spielen auf und so jagte ich sie spielerisch über die Koppel. Silke stand am Gatter und schaute uns lächelnd eine Weile zu, bevor sie sich auf den Weg ins Haus machte. Ich folgte ihr, in der Hoffnung auf eine kleine Leckerei, da ich chronisch hungrig bin.

In der Küche ging Silke zum Vorratsraum und holte Kaffee und Brot heraus. Ich setzte mich auf das Kuhfell vor dem Esstisch und wartete ungeduldig, mir lief das Wasser bereits beim Anblick des Brotes im Maul zusammen. „Och Siley! Tut das Not?" maulte Silke mich an, als sie sich an den Tisch setzte. Der Kaffee dampfte in ihrem Becher und das Brot war herrlich mit Käse und Gurke belegt. Silke bedachte mich mit einem gespielt bösen Blick, da unter mir inzwischen eine Pfütze entstanden war, aber dann steckte sie mir doch ein Stück vom Brot zu, das ich vorsichtig annahm und es fast am Stück verschlang. Mit dem Kaffeebecher in beiden Händen sah Silke mir zu und schüttelte lachend den Kopf. Ich leckte mir noch einmal über die Schnauze und blickte dann erneut zu Silke, die sich zu mir runtergebeugt hatte. „Weißt du vielleicht schon, wer der Tote ist? Ich bin mir ziemlich sicher, dass ich ihn kenne, nur ohne Kopf kann ich mich auch täuschen." Den Kopf leicht schräg gehalten wartete ich darauf, dass Silke den Namen nannte, doch sie schwieg und dachte nach. Mein Bellen ließ sie aus ihren Gedanken aufschrecken. „Genau, wir müssen den Kopf finden." Sie tätschelte den Kopf, drückte mir einen Kuss auf die Stirn und erhob sich wieder vom Esstisch. „Erst die Arbeit, dann die Ermittlungen!", mit diesen Worten begann sie, aufzuräumen und sauber zu machen, da wir am Abend Rainer erwarteten.

Als Haus und Stall sauber und die Schafe versorgt waren, holte Silke ihren Einkaufskorb heraus, forderte mich auch, auf Haus und Hof aufzupassen und machte sich auf den Weg zum Einkaufen. Ich legte mich in mein neues kuscheliges Hundebett, das Silke mir vor ein paar Tagen geschenkt hatte und rollte mich in den weichen Plüsch ein. In meinem Alter, immerhin bin ich fast 11 Jahre alt, braucht man sehr viel Schlaf und so fiel ich schnell ich einen tiefen Schlaf. Der Tote verfolgte mich im Schlaf, er lief kopflos hinter mir her, an seinen Füßen schleppte er das Seil hinter sich her. Ich rannte und rannte, doch ich konnte ihn nicht abhängen. Als er mich fast erwischt hatte, wurde ich plötzlich wach, Silke war wieder da und hatte mit einem dumpfen Geräusch den schweren Einkaufskorb auf den Küchentisch gestellt. „Was ist los?" fragte sie besorgt und hockte sich neben mein Bettchen, „Du hast im Schlaf gebellt, geknurrt und wie wild mit den Beinen gezuckt.‟ Ich musste mich erst ein wenig berappeln, doch dann drückte ich meinen Kopf gegen Silkes Hand und spürte, wie mein Herzschlag sich beruhigte. „Schatz, alles ist gut, Mama ist wieder da.‟ Ich krabbelte aus meinem Bett und meine Neugier siegte über den Traum, vielleicht hatte Silke mir etwas mitgebracht. „Nein, jetzt nicht, wir essen später‟ lachte Silke, als ich versuchte, auf den Tisch zu schauen.

Mir knurrte der Magen, also beschloss ich, um mich abzulenken, auf den Hof zu gehen. Gerade, als ich auf meinem Kontrollgang um den Stall herumkam, hörte ich Rainers Wagen vorfahren und rannte freudig zum Tor. Rainer hatte immer einen Keks für mich in der Tasche, auch, wenn Silke darüber schimpfte, steckte er mir stets zur Begrüßung einen zu. Rainer hatte seit kurzem einen eigenen Funksender für das Tor und so öffnete es sich langsam wie von Zauberhand. Ich hielt mich an der Seite als er unter die Remise fuhr und näherte mich seinem Wagen erst, als er ihn abgestellt hatte. „Na mein Freund‟ sagte er und reichte mir den Keks. Ich wedelte freudig mit der Rute und wir beide begaben uns dann in die Tenne, wo Silke uns entgegenkam. „Hat der Keks geschmeckt?‟ fragte Silke mich und schaute dann Rainer an, der zu mir heruntersah und den Zeigefinger auf die Lippen legte. Silke lachte und die Menschen umarmten sich.

In der Küche roch es bereits verführerisch nach Brathähnchen und ich schlich um den Backofen herum und einen Blick darauf zu erhaschen. „Ich habe schon angefangen zu kochen" sagte Silke, „Mir war heute nach Brathähnchen." „Da passt mein leichter Weißwein doch prima dazu" antwortete Rainer und sah in die Bratröhre. Auf dem Herd köchelte das Pfannengemüse vor sich hin. „Riecht prima" befand Rainer und begann, den Tisch zu decken. Mir gefällt das, wenn Rainer bei uns ist, denn dann ist Silke äußerst entspannt und fröhlich, vor allem aber gibt es dann meistens ein großartiges Essen, von dem auch ich profitiere. Das Essen wurde kurze Zeit später auf dem Tisch aufgetragen und ich legte mich auf das Kuhfell und lauschte dem Gespräch der Menschen, derweil ich auf meinen Anteil an der Mahlzeit wartete.

„Wir sollten morgen nochmal zum Tatort gehen, gleich, nachdem wir bei der Polizei waren und unsere Aussage gemacht haben." Silke sah Rainer erstaunt an „Aha... Sagtest du heute Morgen nicht, dass Siley und ich uns raushalten sollen?" Rainer legte die Stirn in Falten und sah Silke an „Wir wissen doch beide, dass es unmöglich wäre, euch davon abzuhalten,

Ermittlungen anzustellen." „Deswegen hast du dir bereits einen Plan gemacht, wie wir das zu dritt angehen?" neckte Silke ihn. „So in etwa… Immerhin habt ihr euch letztes Mal in große Gefahr begeben." „Wie ist denn dein Plan?" Silke überging seine Äußerung galant und sah ihn genauso erwartungsvoll an, wie ich. Nachdem Rainer seine Herangehensweise erläutert hatte, nickte Silke zustimmend und schaute zu mir „Ist das auch in deinem Sinne?" Ich drehte mich um die eigene Achse und gab damit mein Okay kund. Die Stimmung war ausgelassen und Silke bereitete mir meine eigene Mahlzeit in meinem Napf, reines Hühnerfleisch mit etwas Gemüse und etwas Leinöl.

Nach dem Abendessen wurde vom Esstisch auf das Sofa vor dem Ofen gewechselt und ich zog mich in mein rundes Kuschelbett zurück, damit Rainer und Silke ihren Wein in Ruhe austrinken konnten. Es wurde nicht weiter über den Leichenfund gesprochen, sondern über anstehende Heuernte und was wir im Sommer alles machen wollten. Dann zogen sich die beiden Menschen ins Schlafzimmer zurück und ich legte mich etwas dichter an den Ofen, da es abends doch noch kühl war. Mit vollem Bauch und dem abendlichen Gute-Nacht-Kuscheln schlief ich schnell ein. Auch Silke und Rainer schliefen zügig ein und merkten nicht, dass ich mich mitten in der Nacht durch die offenstehende Schlafzimmertür zu ihnen schlich und am Fußende einrollte, da mich der kopflose Tote in meinen Träumen immer wieder verfolgte. An Silkes Füßen schlief ich dann traumlos bis zum nächsten Morgen.

Silke erwachte als erste von uns und setzte sich aufs Bett, sie schaute aus dem Fenster, wo die Sonnenstrahlen das Zimmer erleuchten ließen. Rainer wurde durch ihre Bewegung wach und strich ihr über den Rücken, „Guten Morgen meine Schöne. Du hast nicht gut geschlafen, stimmt´s?" Silke drehte sich zu ihm um „Nein, ich war ständig wach und habe den Anblick des Toten am Geländer nicht aus dem Kopf bekommen." Rainer zog sie am Arm zu sich heran und umarmte sie. „Ich habe das wohl bemerkt, denn du hast ziemlich gerängelt in der Nacht. Versuch das Bild aus dem Kopf zu bekommen. Sieh dir Siley an, er schläft wie ein Baby." Silke lächelte und wand sich aus Rainers Armen. „Frühstück! Christian wird gleich da sein, also hopp hopp aus den Federn." Sie gab Rainer einen Kuss auf die Wange und strich ihm durch das zerzauste Haar, ehe sie aufstand. Ich streckte mich noch einmal lang aus und genoss die Sonne, die durch das Fenster auf mein Fell schien und mich sanft wärmte. Dann standen Rainer und ich gemeinsam auf.

4

Pünktlich um halb neun klingelte Christian an der Tür. Rainer ging zum Tor und öffnete ihm, da Silke noch im Stall war, um die Schafe auf die Koppel zu lassen. Danach kam sie mit frischen Eiern den beiden Männern entgegen. „Moin Christian, nach dir kann man die Uhr stellen" begrüßte sie den Anwalt und lief dann ins Haus. „Gebraten, gerührt oder gekocht?" rief sie über die Schulter noch zurück. „Gerührt!" gaben die beiden Männer einstimmig zurück und lachten dann. Ich stand an der Küchentür und wartete darauf, dass das Frühstück begann, ich hatte gerochen, dass Christian Brötchen mitgebracht hatte und blieb ihm daher dicht auf den Fersen. Als wir die Küche betraten hatte Silke inzwischen den Rest gedeckt und die Eier brutzelten duftend in der Pfanne. „Setzt euch" forderte Silke Rainer und Christian auf, „Und du gehst nochmal in dein Nest" wies sich mich an. Ich fügte mich, da ich nicht riskieren wollte, meinen Anteil am Frühstück, den ich zum Schluss bekommen würde, zu schmälern. Die drei Menschen saßen am Tisch, doch keiner schnitt den Vorfall von gestern an. Erst, nachdem bereits eine halbe Stunde vergangen war, sah Christian von Silke zu Rainer und setzte an „So gemütlich das auch ist, wir sollten uns kurz besprechen, wie wir die Aussage angehen wollen. Nach dem letzten Mord, in dem ihr verwickelt wart, werden die Gesetzeshüter nicht unbedingt freudig begeistert sein, dass ihr schon wieder mitten statt nur dabei seid." Rainer hob die Hände „Ich war beim letzten Toten nur am Rande dabei." Silke sah auf ihren Teller und schwieg. Die beiden Männer sahen sie an. „Es ist nicht so, dass ich das toll finde, aber ich kann auch nichts dafür, dass Siley eine so gute Spürnase und phänomenale Instinkte hat, die uns nun ein weiteres Mal in diese Situation gebracht haben." „So war das nicht gemeint" lenkte Christian ein, „Ich möchte nur vermeiden, dass ihr mehr als nötig mit der Polizei zu tun habt." Rainer sah Silke an, die seine Hand ergriff. „NEIN!" rief Christian aus, „Ihr wollt es wieder tun." Silke zog die Augenbrauen hoch, „Ich glaube, ich kenne den Toten, aber ohne den Kopf bin ich nicht wirklich sicher, ob es der ist, den ich vermute." Christian winkte ab „Hoffnungslos... Gut, dann will ich dieses Mal aber von Anfang an über alles informiert sein." Rainer legte Christian die Hand auf die Schulter „Sehr schön, dann bist du also mit von der Partie!" Die drei aßen zu Ende, Silke schmierte mir ein Brötchen, rief mich zu sich und ich nahm mit weichem Maul das Brötchen mit Leberwurst, um es auf meinem kleinen Strubbelteppich genüsslich zu verspeisen.

„Geh Pipi machen, du bleibst gleich kurz allein zu Hause. Mama muss zur Polizei, beeilt sich aber." Ich folgte brav, ging in den Garten und erleichterte mich, derweil die Menschen sich anzogen. Silke gab mir einen Kuss, knuddelte meine Ohren und verabschiedete sich dann. Die Tür schloss sich und ich hörte den Wagen von Christian und Rainer abfahren. Mich überkam Müdigkeit und ich beschloss, eine Runde auf dem Sofa zu schlafen, nachdem ich vorher noch aus dem Fenster geschaut hatte. Die Decken auf dem Sofa wühlte ich mir in Form, damit ich es kuschelig und bequem hatte, und schlief dann sehr schnell ein. Der Ofen gab behagliche Wärme, denn Silke hatte vor Abfahrt noch ein Brikett eingelegt, das nun sachte vor sich hin glühte.

Ich wachte auf dem Rücken liegend auf. Die Schafe blökten lautstark auf der Weide. Sofort war ich hellwach, sprang mit einem Satz vom Sofa und rannte zum Fenster, von dem aus ich auf die Koppel schauen konnte. Alle 7 Schafe rannten umher, sie wendeten und rannten wieder zurück, wobei sie stets in der Gruppe eng zusammenblieben. Ich war alarmiert, denn wie sie liefen, zeigten mir, dass sie Angst hatten. Mein Blick wanderte um die Koppel, doch konnte ich nichts sehen, was unsere Schafe erschreckt haben konnte. Links der Weide konnte ich zur Straße schauen, doch da war nichts Ungewöhnliches zu entdecken. Nach hinten heraus war nur freies Land, auch da war nichts zu sehen. Ich lief zum anderen Fenster, um in den Hof zu schauen, auf dem sich ebenfalls nichts befand, was meine Freunde in Unruhe versetzt haben konnte. Die rechte Seite der Weide konnte ich nur bedingt einsehen, da der Stall mir die Sicht nahm. Aus dem Haus kam ich nicht, die Türen waren verschlossen, daher bellte ich laut und wild, in der Hoffnung, dass, wenn da doch jemand sein sollte, dieser die Flucht ergriff. Das älteste Schaf stoppte und schaute in meine Richtung, woraufhin auch die anderen sechs Schafe aufhörten, zu rennen. Sie standen in der Gruppe dicht beieinander, die drei Jungtiere in der Mitte und sahen sich um. Ich rannte zwischen den Fenstern, aus denen ich die Wiese sehen konnte, hin und her. Nach kurzer Zeit beruhigten sich die Auen und begannen wieder zu grasen. Ich behielt sie noch eine ganze Zeit im Blick, trottete dann jedoch wieder zum Sofa, um noch ein wenig zu schlafen. Beim Einschlafen dachte ich mir nur, dass wohl ein Auto zu schnell vorbeigefahren war und die Schafe damit erschreckt hatte.

Den Wagen von Rainer kannte ich inzwischen und wurde wach als ich diesen hörte. Silke war wieder da, das ließ mein Herz schneller schlagen und ich erwartete sie schon freudig an der Tür zu Tenne. Ich begrüßte sie schwanzwedelnd und rannte um sie herum, so dass sie fast über mich stolperte. „Ist doch gut, mein Engelchen, Mama ist da." Rainer folgte ihr und ich wandte mich auch ihm zu, doch heute hatte er keinen Keks für mich dabei. „Na, hast du Lust auf einen Ausflug?" fragte er mich. Silke kam zu uns zurück und hatte bereits mein leichtes Geschirr in der Hand. Ich hielt still, als sie es mir anlegte, und wartete darauf, dass sie mir sagte, was wir vorhatten. „Deine Spürnase ist gefragt, ich hoffe, du bist ausgeschlafen. Wir wollen den Kopf des Toten suchen." Meine Abenteuerlust war geweckt und ich trippelte aufgeregt auf und ab. Rainer öffnete die Tennentür und ich rannte auf direktem Weg zu unserem Auto.

Auf der Fahrt zum Sperrwehr, wo wir gestern Morgen die kopflose Leiche kopfüber am Geländer hängend gefunden hatten, lauschte ich dem Gespräch zwischen Rainer und Silke, sie sprachen über die gemachte Aussage bei der Polizei. „Hast du den Blick des jungen Kripobeamten gesehen?" Rainer sah Silke dabei an, die kurz den Blick von der Straße wandte. „Mein erster Eindruck war, dass er uns für Spinner gehalten hat", sie lachte dabei, „Doch dann war er uns sehr zugewandt." „Eine kopflose Leiche, die im Aper Tief hängt, ist ihm vermutlich in seiner jungen Laufbahn noch nicht untergekommen." Silke sah mich durch den Rückspiegel an. „Der junge Mann, Marc Rohloff, er hat nicht ausdrücklich gesagt, dass wir nicht ermitteln dürfen, darum darfst du gleich ordentlich schnüffeln." Rainer drehte sich zu mir um „Aber sei vorsichtig und zerstöre bitte keine Spuren." Soweit ich dann noch mitbekam, war die Aussage bei der Polizei gut gelaufen und ich sah aus dem Autofenster, wir waren schon an der Tankstelle und bogen kurz danach in Richtung Siedlung ab, rechts kamen wir an unserem alten Häuschen vorbei, das Silke nun vermietet hatte. Bevor ich jedoch in Erinnerungen schwelgen konnte, fuhren wir um die letzte Kurve und Silke parkte den Wagen im Wendehammer. Rainer öffnete den Kofferraum und ich lief als erstes in die kleine Wiese, um mich zu erleichtern, schließlich war gleich meine volle Konzentration gefordert.

Die Nervosität meiner beiden menschlichen Begleiter war deutlich zu spüren. Silke ergriff Rainers Hand und sie liefen flotten Schrittes hinter mir her. Schnell erreichten wir das Sperrwehr und Silke zögerte einen kurzen Moment, doch Rainer zog sie weiter. „Keine Sorge, ich bin doch bei dir." Silke holte tief Luft und näherte sich dem Geländer, an dem noch das Absperrband der Polizei hing. „Wie wollen wir vorgehen?" Rainer blickte sich um, ich war ein paar Meter vorangelaufen, meine Nase fest am Boden, doch ich konnte keine Spur finden. „Lass uns auf den Aussichtsturm gehen, von oben sehen wir vielleicht mehr." An der Gittertreppe des Turms blieb ich stehen, Silke streichelte mir über den Kopf. „Siley kann da nicht hoch." So blieb ich mit Silke unten stehen, die mich nicht allein lassen wollte und wir sahen zu Rainer hoch, als er oben angekommen war und vom Turm aus in die Runde sah. Er drehte sich zu allen Seiten um und wir warteten auf Informationen. „Ich kann nichts sehen, dass einen Hinweis... Moment! Da hinten ist das Gras platt getreten, sieht aus, als ob das noch nicht lange her ist." Silke versuchte seinem Blick zu folgen und ging um den Turm herum zu der Seite, wo die kleine Wiese ist, die als Überflutungswiese dient, sollte das Wasser über den Deich treten. „Wo genau meinst Du?" rief Silke ihm zu. Rainer zeigte in Richtung der Bäume am Ende der Wiese. „Da vorne. Die Spur scheint dann rechts abzugehen." „Komm runter, ich habe eine Idee" sagte Silke ganz aufgeregt. Als Rainer bei uns ankam, griff sie wieder seine Hand und forderte mich auf, vorwärtszugehen. „Ich hätte

Gummistiefel anziehen sollen" murmelte Rainer, doch Silke zog ihn hinter sich her durch das nasse Gras.

Wir liefen zügig und konnten der Spur gut folgen. Meine Nase fand einen Duft, dem ich wie gebannt folgte. Silke bahnte sich den Weg durch das Geäst hinter mir her, Rainer folgte uns. „Langsam bitte" bat er uns. „Siley, warte, wir können nicht so schnell wie du" rief Silke hinter mir her. Ich drehte mich um und wartete auf die beiden. „Wir sind gleich da" sagte Silke, „Da vorne ist das abgebrannte Haus bei der alten Hosenfabrik." Rainer schaute sie fragend an „Ist aber da vorne nicht der Tennisplatz?" „Der ist weiter links, wir kommen geradewegs zur Brandruine. Da leben nun des Öfteren Rehe." Rainer wies nach vorne „Da ist ein Zaun." „Es gibt da eine Stelle, wo der Zaun auseinandergefallen ist, da können wir durch." Die letzten Meter blieben wir dicht zusammen, am Zaun sprang ich zuerst durch das Loch und wartete, bis Silke und dann Rainer sich durchgezwängt hatten. Auf dem Grundstück der Ruine sprachen sie nicht mehr, es war seltsam still auf einmal. Fast am abgebrannten Haus angekommen, blieben wir stehen. „Ich war noch nie auf diesem Grundstück, das Haus habe ich immer nur vom Weg aus gesehen" flüsterte Silke. Rainer schob sich vor sie und schaute sich wieder um. „Ich gehe ins Haus und sehe mich dort um. Geht ihr ums Haus." Er küsste Silke auf die Stirn und straffte die Schultern. Man merkte, dass ihm nicht wohl dabei war, doch er ging vorsichtig in das Haus. Silke sah ihm noch kurz nach und wandte sich dann an mich „Komm, wir gehen linksherum, aber pass gut auf, wo du hintrittst und bleib dicht bei mir." Wir bewegten uns langsam voran, ich nahm weitere Gerüche wahr, die noch frisch waren. Silke sah sich immer wieder um, ich konnte spüren, dass sie am liebsten hier wegwollte und so zog ich sie am Ärmel, damit sie weiterlief.

Rechts vor uns knackten trockene Äste. Silke hielt sich vor Schreck die Hand vor den Mund und wagte kaum zu atmen. Ich hielt mich dicht bei ihr und hielt die Nase in die Luft. Da war jemand, ich konnte Schweiß riechen. Da war aber noch ein anderer Geruch, den ich als aggressiv wahrnahm. Im Haus konnten wir Rainer hören, der über etwas gestolpert war und leise fluchte „So etwas doofes! Nun ist die Hose hin!" Silke stand wie erstarrt da, ich bewegte mich lautlos vorwärts, denn ich wusste nun genau, dass auf der Vorderseite des Hauses zwei Fremde waren, die dort genauso wenig hingehörten, wie wir. Hinter mir konnte ich Silke hören, die vorsichtig hinter mir herkam. Ich schaute um die Ecke des Hauses und nun sah ich sie, zwei Maskierte, die sich Zeichen gaben, sie wollten ins Haus. Mein Puls stieg und meine Nackenhaare sträubten sich. Rainer war allein im Haus, ich musste etwas tun, denn er gehörte seit meinem ersten Fall zu meinem Rudel.

„Siley!" zischte Silke hinter mir, „Bleib hier!", doch ich ignorierte sie. Meine Muskeln spannten sich zum Sprung an, als die beiden maskierten Menschen das Haus von vorne betraten und direkt auf Rainer trafen. „Was ..." Rainer konnte seine Überraschung nicht zum Ausdruck bringen, da ihn der Schlag des ersten Angreifers unerwartet schnell traf. Der zweite trug einen Bogen mit sich, zog einen Pfeil aus seinem Köcher und zielte auf Rainer, den der Schlag regelrecht umgehauen hatte, er kauerte auf den Knien und schnappte nach Luft. Ich sprang aus dem Nichts los und erwischte den Bogenschützen, dem der Pfeil aus der Hand fiel. Auf dem wackeligen maroden Boden schwankte er und musste sich mit einer Hand an der Wand abstützen, damit er nicht umfiel. „HEY! PASS AUF!" brüllte er. Sein Partner drehte sich zu ihm um und sah mich. Er zuckt zusammen und wich zurück, als ich mit gesträubtem Nackenfell und gebleckten Zähnen vor ihm stand. Aus den Augenwinkeln sah ich, wie Rainer sich erholt hatte und aufgestanden war. Er hatte einen Balken in der Hand und schwang diesen in der Luft. Ich hielt den Maskierten vor mir in Schach, während Rainer sich auf den in der Tür stürzte. Als der dunkel gekleidete Mensch vor mir versuchte, aus dem kaputten Fenster links von ihm abzuhauen, sprang ich auf ihn los. Er schlug nach mir und ich biss kräftig in seine Hand, worauf ein gellender Schrei ertönte. Er hielt sich die Hand und kletterte unbeholfen aus dem Fenster. Draußen stand Silke, die einen Ast in der Hand hielt und auf ihn einschlug, doch er rannte weiter und Silke wandte sich dem zweiten zu, der sich nach seinem Pfeil zu bücken versuchte, ihn aber nicht zu fassen bekam, da Rainer ihm einen Tritt versetzte. Daraufhin ergriff auch er die Flucht. Ich wollte gerade hinterherrennen als Silke mich rief „SILEY, NEIN!! Komm her, lass sie laufen." Ich blickte den beiden nach, die wie Hasen über den angrenzenden Acker liefen und dann in Richtung Hauptstraße verschwanden.

Rainer hatte sich auf den Fenstersims gesetzt und rang nach Luft. „Wir sind auf der richtigen Spur" lachte er atemlos. „Hast du dir weh getan, Schatz?" fragte Silke und legte ihre Hand auf seine Schulter. „Wie hast du mich genannt?" strahlte Rainer sie an. „Hör auf..." antwortete Silke und wurde etwas rot. Sie lobte mich und nahm mich dann fest in die Arme „Du bist so ein mutiger Junge, dafür hast du dir etwas Besonderes verdient." Ich freute mich riesig und bellte aufgeregt. Dann fiel mir wieder ein, dass wir noch einen Auftrag zu erledigen hatten und begann selbst im Haus zu suchen. Rainer erhob sich „Siley hat recht, wir müssen weitersuchen, denn diese beiden Gestalten sind der Beweis, dass wir hier richtig sind." Meine Nase führte mich in den hinteren Teil des Hauses, dort war der Boden zum Teil eingebrochen und ich setzte meine Pfoten sehr vorsichtig. Rechts wurde meine Spur ganz deutlich. Ich schaute nach hinten, wo Rainer neben Silke stand, sie überlegten, wie sie über den brüchigen Boden laufen sollten. „Ich gehe außen herum und versuche durch die Fenster etwas zu sehen" sagte Rainer und begab sich nach draußen ums Haus. Ich konnte ihn sehen und suchte weiter, während er durch das Fenster hereinsah. Silke blieb in der Tür und suchte den Raum mit den Augen ab.

Ich stieß fast mit der Nase darauf und machte einen Satz nach hinten. Der Geruch war beißend. Rainer lehnte sich durch das Fenster und ich bellte kurz, um zu zeigen, dass ich etwas gefunden hatte. „Silke, mach mal deine Taschenlampe am Handy an und leuchte hier in die Ecke." Silke tat wie geheißen und dann sahen wir es. Vor uns lag ein abgetrennter Kopf. Er war halb verdeckt von einem alten dreckigen Sack. Ich wollte ihn gerade mit den Zähnen an den Haaren herausziehen, als Silke mich stoppte „SILEY! NEIN! Lass liegen und komm zu mir!" Rainer hatte den Blick kurz abgewandt, drehte sich dann aber wieder zu uns. „Ruf bitte den Rohloff an. Und danach Christian. Ich denke, wir haben den fehlenden Kopf gefunden." Rainer holte tief Luft und wandte sich dann ab. Ich stand da und sah auf den Kopf, Silke sah im Schein des hellen Lichtes nur die Umrisse von ihrem Standort aus, doch ich konnte erkenne, dass sie erschüttert war. „Komm da weg" sagte sie und ich folgte ihren Worten, da der Geruch unerträglich war. Wir trafen auf Rainer vor dem Haus, Silke hatte zwischenzeitlich den Kripobeamten Rohloff angerufen und wählte nun die Nummer von Christian. „Silke. Sag nicht, du hast noch eine Leiche gefunden" meldete er sich. „Nein, das nicht... wir haben den Kopf gefunden..."

Es herrschte einen Augenblick lang Stille. Dann hatte sich Christian gefangen „Wo? Ich komme her. Hast du die Polizei schon angerufen?" Silke berichtete mit kurzen Worten, was sie gerade erlebt hatten. „So, so... Rainer ist also bei dir. Er sollte der Vernünftige sein." Dann hängte er auf. Marc Rohloff war bereits vor Ort, als Christian eintraf. Silke stand mit mir etwas abseits und zuckte verlegen mit den Schultern. Christian sprach kurz mit Rohloff und kam dann mit Rainer zu uns. „Entschuldige bitte, ich wollte dich nicht angreifen am Telefon, nur hatten wir uns doch geeinigt, dass ihr mich über alle Schritte in Kenntnis setzt. Ihr bringt euch in Gefahr, das möchte ich vermeiden." Silke kullerten ein paar Tränen die Wangen herunter „Das war auch nicht meine Absicht." Christian nahm Silke in den Arm „Ist ja noch einmal gutgegangen." Ich beobachtete das Geschehen und wartete bis Silke sich beruhigt hatte, dann drängte ich mich an ihr Bein, damit wir gehen, ich wollte nach Hause. „Ja, wir gehen sofort." Rohloff kam auf Silke zu, „Herr Kaiser sagte, dass Sie den Toten unter Umständen kennen?" Silke nickte „Ich bin nicht ganz sicher, ich habe mir den Kopf nicht genauer angesehen." „Kommen Sie morgen bitte zur Gerichtsmedizin, dann sehen wir weiter. Einverstanden?" Silke stimmte zu und dann gingen wir langsam zum Auto. Christian versprach, am nächsten Tag zur Identifizierung mitzukommen. Dann fuhren wir nach Hause.

5

Silke sprach kein einziges Wort während er Heimfahrt. Rainer sah sie von der Seite an. „Geht es dir gut?" Statt einer Antwort fuhr Silke rechts an eine Bushaltestelle ran und machte den Motor aus. Sie hielt das Lenkrad fest in der Hand und ich konnte von meinem Platz im Kofferraum sehen, dass sie weinte. „Nein!" schluchzte sie, „Dieser Anblick war furchtbar." Rainer löste seinen Gurt und beugte sich zu ihr rüber. Er löste Silkes Hände vom Lenkrad und hielt sie dann fest. „Wir waren uns anscheinend nicht im Klaren gewesen, was uns erwarten könnte." Rainer schluckte „Es tut mir leid, dass ich dich zu der Suche überredet habe." Silke drehte sich zu ihm um und sah ihn erstaunt an. „Ich meine nicht den Kopf, das war zwar auch ein unschöner Anblick, doch spreche ich von dem Angriff auf dich." Ich schaute von meinem Platz ungeduldig nach vorn und wollte gerne endlich nach Hause. Rainer winkte ab „Mit Siley an unserer Seite konnte uns doch nichts passieren." Silke gab einen grunzenden Laut von sich, der Unverständnis ausdrückte, doch dann sah sie ihn an und sie lächelte. Die beiden umarmten sich und küssten einander. Nun wurde es mir zu bunt und ich bellte einmal. „Du bist der Boss, wir fahren ja nun nach Hause."

Silke hatte sich wieder gefangen und wir fuhren endlich wieder los.

Als ich aus dem Wagen sprang, war mir sofort klar, dass etwas nicht in Ordnung war. Ich lief über den Hof und schnüffelte. Silke und Rainer schlossen das Tor und gingen im Schlenderschritt zum Haus, man sah ihnen an, dass sie der Tag sehr mitgenommen hatte. „Willst du nicht mit uns essen?" rief Silke hinter mir her, doch ich hatte etwas anderes im Sinn. „Siley?" Rainer rief nun auch, da ich im Zickzack über den Hof und um den Stall rannte. „Was hat er denn?" Silkes Stimme klang besorgt und sie lief nun zum Stall. Hier war nichts zu entdecken. Mein Blick wanderte zu den Schafen, die in aller Ruhe grasten und uns keines Blickes würdigten. Ich lief zur Koppel und unter dem Zaun hindurch. Silke folgte mir und auch Rainer lief nun zu uns. Unsere Schafe kamen auf uns zu und blökten leise dabei. Als ich näherkam, da sah ich es. Auch Silke hatte es sofort gesehen und begann zu rennen. Um die Schafe nicht in Unruhe zu versetzen, verlangsamte sie ihren Schritt und trat dann an unsere zweitälteste Aue heran.

Die sieben Damen schauten uns an und erwarteten eine Leckerei, doch Silke tätschelte ihnen nur den Kopf und hockte sich dann neben Isabella. Rainer war nun ebenfalls auf der Koppel und er riss die Augen auf. „Das kann doch nicht wahr sein" murmelte er. Silke tastete Isabella ab, doch die Aue schaute eher gelangweilt drein. „Mach bitte ein Foto" bat sie Rainer, der umgehend sein Smartphone zückte und von allen Seiten Bilder von dem machte, was wir vor uns sahen. In Isabellas dicker Wolle steckte ein Pfeil. Man hatte augenscheinlich auf die geschossen, doch die dicke Wolle hatte den Pfeil aufgehalten und nun steckte er darin. Silke zog ihn vorsichtig heraus. „Glück im Unglück!" Ihre Erleichterung war deutlich zu hören. „Ich hatte sie letzte Wochen scheren wollen, doch war das Wetter so nasskalt, dass ich noch gewartet habe." Silke knuddelte Isabella, die sich jedoch aus ihren Armen wand und sich wieder zu den anderen Schafen stellte. „Kommt, Mädels... kommt... es gibt leckere Kräuter im Stall." Es war zwar noch etwas früh, aber Silke wollte die Schafe in Sicherheit wissen und so brachten wir sie gemeinsam in die Box, wo Silke ihnen Raufutter und Kräuter mit besonderen Leckereien gab. Dann verschloss sie den Stall sorgfältig und als wir im Haus waren, schaltete sie die seinerzeit installierte Überwachungskamera ein. Rainer schickte die Bilder an Silke, damit sie am nächsten Tag mit Rohloff darüber reden konnten.

Der Abend verlief sehr ruhig. Wir aßen, ich bekam etwas Lachs mit Nudeln und Leinöl, während Silke Ofenkartoffeln mit Lachsfüllung für die Menschen zubereitete, denen der vergangene Tag ein wenig auf den Magen geschlagen war. Sie unterhielten sich mit gedämpften Stimmen und ich ließ mich davon anstecken und krabbelte in mein Bett vor dem Ofen. Nachdem Rainer den Tisch abgedeckt und Silke die Hühner in ihr Haus gebracht hatte, machten sie es sich auf dem Sofa gemütlich. Silke lag in Rainers Arm und hatte ihre Hand auf seiner Brust. Sie sahen sich immer wieder tief in die Augen und ich gab einen lauten Seufzer von mir bei so viel Gefühl, wobei ich Silke nicht aus den Augen ließ. „Kein Grund zur Eifersucht." Silke hatte meine Blicke bemerkt und ich rollte mich zusammen, um zu schlafen.

Später am Abend drehte Silke ihre Runde durch den Stall, prüfte, ob alle Tore verschlossen waren und kehrte dann ins Haus zurück. Ich war nur kurz in den Garten gelaufen, um dann wieder in meinem Bettchen zu schlafen, der Tag war auch für mich anstrengend gewesen. Rainer hatte das Sofa ausgeklappt und hob einladend die Decke, damit Silke sich wieder neben ihn legen konnte, die recht schnell in seinem Arm einschlief. Ich wachte mehrmals in der Nacht auf, schlief jedoch jedes Mal wieder schnell ein, nachdem ich mich vergewissert hatte, dass Silke noch da war.

Es war noch dunkel, als ich am nächsten Morgen aufwachte. Silke und Rainer schliefen noch eng umschlungen auf dem Sofa. Ich reckte mich, schlich mich zum Sofa und schaute Silke an, wie sie friedlich und mit einem Lächeln auf dem Gesicht dalag. Während ich sie so ansah, wurde sie langsam wach. „Guten Morgen mein Spätzchen" strahlte sie mich an, „Du hast Hunger, oder?" Ich stand auf und wedelte mit der Rute. Silke löste sich aus Rainers Armen, der sich daraufhin auf die Seite legte und weiterschlief. Mein Magen knurrte, doch vorher hatte ich erst noch ein morgendliches Bedürfnis und strebte statt zum Napf zur Tür. Silke öffnete mir, machte Licht im Hof und sah sich um. „Dann man hopp" forderte sie mich auf, „ich bereite dir dein Frühstück vor." Schnell erledigte ich mein Geschäft und stand im Nu neben Silke, die mir meinen Napf mit Haferflocken, Cottage Cheese und Hühnchenstreifen hinstellte. Sie strich mir über den Kopf „Guten Hunger mein Süßer." Dann ging sie ins Badezimmer, duschte und kam frisch duftend und mit nassen Haaren nach wenigen Minuten zurück. Ich hatte es mir derweil bei Rainer auf dem Sofa bequem gemacht, um zu verdauen und mir den Nacken kraulen zu lassen.

Als Silke begann, mit Tellern zu klappern und den Kühlschrank auf und zu machte, stand Rainer auf, rieb sich die Augen und tapste ins Badezimmer, aus dem auch er nach kurzer Zeit erfrischt wieder herauskam und sich mit mir an den Küchentresen stellte. „Ihr seid mir ja zwei Helden" flachste Silke herum, sie hatte ihre gute Laune wieder und war voller Tatendrang. Rainer schnappte sich Silke, als sie mit dem Kaffee an ihm vorbei wollte. Er drückte ihr einen Kuss auf die Nase und Silke schimpfte spaßig mit ihm. Das gefiel mir so gut, dass ich mein Schweinchen holte und durch die Küche tobte. „Männer!" lachte Silke und verdrehte die Augen. Beim Frühstück sprachen die beiden ab, wie sie den Tag zeitlich organisieren wollten, da Rainer noch einen wichtigen Termin mit einem Mandanten hatte.

Rainer verabschiedete sich nach dem Frühstück von uns und fuhr in seine Kanzlei. Silke sorgte für klar Schiff und zog sich ihre Gummistiefel an. Dann wanderten wir gemeinsam rüber zum Stall und machten den Stall sauber, wobei ich mehr im Stroh spielte und die Arbeit bei Silke blieb. „Hört mal zu, Mädels, Ihr müsst heute im Stall bleiben, zu Eurer eigenen Sicherheit."

Die Stalltore wurden wieder sorgfältig verschlossen und unser Weg ging zu den Hühnern, die bereits aufgeregt gackerten, weil sie aus ihrem Haus wollte. Der Stall war schnell gereinigt und mit den gesammelten Eiern gingen wir wieder ins Haus. „Nun steh mir nicht im Weg, ich muss gleich los zur Gerichtsmedizin nach Oldenburg. Da kannst du leider nicht mit." Ich verzog mich daraufhin in mein Kuschelbett und beobachtete Silke, wie sie sich fertig machte, ihren Autoschlüssel suchte und sich dann mit einem Kuss und den Worten „Pass schön auf, ich bin bald wieder da. Ich liebe dich und vermisse dich jetzt schon" von mir verabschiedete. Die Ruhe passte mir gut in den Kram, denn nach dem gestrigen Tag war ich doch noch etwas erschöpft und sehnte mich nach einem langen Schlaf.

Drei Stunden später kam Silke wieder, sie war sehr aufgekratzt. „Mein Engelchen! Mama ist wieder da. Wollen wir kurz rüber zu Hanne und Barney?" Sofort sprang ich auf und lief zum Haken, wo mein Geschirr hing. Mit Barney hatte ich schon länger nicht mehr gespielt und war begeistert von dieser Idee. Ohne Leine lief ich Silke voran, Hanne und Hansi wohnten ein paar Häuser weiter. Silke klingelte und Barney kam bellend zum Tor. Als er mich sah winselte er vor Freude und wir konnten es nicht abwarten, dass das Tor geöffnet wurde. Wir rannten auf dem Grundstück herum, jagten einander und tobten zusammen. Hanne und Silke setzten sich auf die Terrasse, von wo aus sie uns sehen konnten, und tranken einen Cappuccino. Sie plauderten über neue Gartenpläne und was sie zu Ostern auf den Tisch bringen wollten.

„Habt Ihr schon wieder spannende Abenteuer erlebt?" fragte Hanne. „Ach, hör bloß auf... das erzähle ich dir ein andermal." Hannes Neugier war geweckt, aber sie wusste, dass sie Silke nichts entlocken konnte, wenn die Zeit noch nicht reif dafür war, daher sprachen sie noch eine Weile über belanglose Dinge, ehe Silke aufstand und sich zum Gehen aufmachte. „Komm doch morgen zum Frühstück" sagte sie zum Abschied. Dann gingen wir wieder nach Hause. Es war nun früher Nachmittag und es war noch nicht mit Rainer zu rechnen, daher blickte Silke verwundert auf die Uhr, als ein Wagen vor unserem Tor anhielt. „Hmm, für Post ist es zu spät. Wer beehrt uns da wohl?" Ich sprang mit den Vorderpfoten auf das Fensterbrett im Wohnzimmer und konnte einen dunklen Kombi erkennen, aus dem ein jüngerer Mann ausstieg. „Was will der Rohloff denn hier?" wunderte sich Silke und begab sich durch die Tenne auf den Hof.

„Hallo Frau Lüttmann" rief der Kripobeamte ihr über das Tor zu. Silke öffnete das Tor und ließ Marc Rohloff ein. „Ist noch etwas unklar?" fragte sie ihn, „Kommen Sie herein, ich setze einen Kaffee auf." „Gern" antwortete Herr Rohloff und folgte ihr ins Haus. „Da ist ja auch der Suchspezialist" meinte er und hockte sich vor mich, um mich zu streicheln. Rohloff roch angenehm nach Wald und er wusste, wie man einen Hund streichelt, das mochte ich. Silke kochte Kaffee und stellte einen Teller mit Plätzchen auf den Tisch. Ich setzte mich neben Silke und legte meinen Kopf auf ihr Bein, denn ich wollte kein Wort verpassen.

„Frau Lüttmann... ich bin nicht ganz offiziell hier." Silke sah fragend über ihre Tasse zu ihm hinüber. „Mir wurde von Kollegen berichtet, dass Sie vor einigen Monaten schon einmal über eine Leiche gestolpert sind und damals bei der Aufklärung des Falles eine wesentliche Rolle gespielt haben." Rohloff nahm sich einen Keks und aß ihn auf. „Herr Rohloff, bei aller Ehre, aber damals hieß es doch eher, dass ich unerlaubt ermittelt hatte, Erfolg hin oder her." Nach einem zweiten Keks sprach der Beamte weiter „Gut, so ähnlich wurde mir das auch berichtet, dennoch war es Ihrer Unerschrockenheit zu verdanken, dass der Fall so schnell gelöst wurde." Silke streichelte mir das Köpfchen und nahm sich einen Keks. „Was erwarten Sie nun von mir?" Marc Rohloff sah Silke eindringlich an. „Meine Kollegen haben Sie gestern aufgefordert, sich aus der Sache herauszuhalten. Da Sie jedoch den Toten eindeutig identifiziert haben, erhoffe ich mir, dass Sie mich unterstützen. Ich bin noch neu in der Gegend und Sie haben Ihren cleveren Hund..." Silke lachte leise „Sie möchten also, dass ich Ihnen helfe? Ihnen ist klar, dass wir beim letzten Mal in Lebensgefahr geraten sind, vor allem mein Hund Siley." „Ja, das habe ich in den Akten gelesen. Ich versichere Ihnen, dass ich Sie keiner Gefahr aussetzen werde. Nur bitte...", er zögerte, „... lassen Sie uns zusammenarbeiten." Ich hob meinen Kopf und leckte Silkes Hand. „Siley scheint einverstanden zu sein." Rohloff war sichtlich erleichtert und gab seine Freude durch ein Klatschen in die Hände zum Ausdruck. „Prima, das freut mich wirklich. Die Einzelheiten würde ich gern morgen mit ihnen besprechen." Silke überlegte „Im Präsidium wird das Gespräch doch eher nicht stattfinden, nicht wahr? Kommen Sie doch am Abend zum Essen zu uns, ich denke Herr Kaiser wird gern dabei sein wollen." Die beiden verständigten sich darauf und ließen sich dann noch einige Plätzchen schmecken.

Rohloff und Silke verstanden sich prächtig und unterhielten sich über den Termin in der Gerichtsmedizin vom Vormittag. Der Tote war Silke tatsächlich bekannt, es handelte sich um einen Lehrer an der Gesamtschule, den Silke noch vom Fitness her kannte. Sie erzählte Rohloff, dass er als guter Lehrer bekannt war, der seine Schüler stets förderte, damit war er sowohl bei den Kollegen, Eltern und sogar Schülern durchgängig beliebt gewesen. Ich hörte gespannt zu. Rohloff fragte, ob Silke auch seine Frau kannte, doch sie verneinte, sie kannte die Frau von Studienrat Baumann nur aus Erzählungen und wusste lediglich, dass das Ehepaar kinderlos war und gern reiste. Mehr konnte Silke nicht angeben, da sie Baumann nicht über den Sport hinaus kannte. Auf ihre Frage, wie es der Frau ginge, nachdem man ihr die traurige Nachricht überbracht habe, druckste Rohloff herum.

Wir erfuhren, dass Frau Baumann ihren Mann bisher nicht vermisst hatte, da sich auf einer Radtour befunden hatte, auf die sie aufgrund einer Knieverletzung nicht mitgekonnt hatte. Silke sah betroffen aus dem Fenster. Weitere Angaben konnte Marc Rohloff jedoch noch nicht machen, da er gerade erst am Anfang seiner Ermittlungen stand. Er bedankte sich für den Kaffee und stand gerade vom Tisch auf, als Rainer zur Tür hereinkam. Ich hatte der Unterhaltung von Silke und Rohloff so intensiv zugehört, dass ich seine Ankunft nicht mitbekommen hatte. Rainer schaute irritiert von Silke zu Rohloff, der sich mit den Worten „Frau Lüttmann wird Ihnen alles erklären, wir sehen uns dann morgen Abend" an ihm vorbeischob. Ich blieb bei Rainer als Silke unseren Gast zum Tor brachte.

Mit dem Rest des Kaffees in einer Tasse stand Rainer an der Spüle. „Was erklärst du mir?", ihm war deutlich anzumerken, dass er nicht begeistert vom Besuch des Kripobeamten war. „Keine Umarmung?" Silke räumte den Tisch ab und setzte sich dann an den Tisch. „Herr Rohloff war hier, weil wir ihm helfen sollen. Er möchte, dass wir ihn bei den Ermittlungen unter die Arme greifen, inoffiziell natürlich. Er kommt morgen Abend, um mit uns beim Abendessen Details zu bereden. Das war alles." Es herrschte eine kühle Stimmung, anders als sonst. Rainer kam zum Tisch und setzte sich Silke gegenüber. „Hatten wir das nicht auch ohne seine Erlaubnis vor?" Rainer versuchte ein schiefes Lächeln aufzusetzen. „Was wollen wir heute essen?", Silke überging seinen Versuch, einzulenken. „Ich hole etwas vom Asiaten" meinte Rainer. Vom Sofa aus betrachtete ich das Geschehen zwischen den beiden, mir missfiel das, da wir sonst immer harmonisch miteinander waren. Silke ging auf Rainer zu und nahm seinen Arm. „Dann beeil dich, wir haben Hunger und wollen dann den Abend gemütlich verbringen." Die Stimmung hob sich wieder und ich legte meinen Kopf auf die Armlehne und nickte ein.

6

Der Duft vom Frühstück weckte mich am nächsten Morgen. Ich hatte so tief und fest geschlafen, dass ich nicht mitbekommen hatte, dass Silke aufgestanden war. Meine feine Nase führte mich in die Küche, wo Silke am Herd hantierte. „Mein Langschläfer ist erwacht" sagte sie und drehte sich zu mir um. Ich ließ mir die Ohren kneten und drückte meinen Kopf gegen Silkes Bein. „Ich habe dein Fresschen gleich fertig." Erwartungsvoll schaute ich auf die Arbeitsplatte, als Silke mein Frühstück in den Napf füllte. Sie trug ihn zu meinem Futterplatz und ich wollte mich gerade darüber her machen, da öffnete sich die Tennentür und Rainer kam herein. Er zog seine warme Jacke im Laufen aus und steuerte auf Silke zu. „Guten Morgen schöne Frau. Ist alles wieder gut zwischen uns?" Rainer hatte seine Hände bittend gehoben, „Ich habe als Wiedergutmachung bereits die Hühner aus ihrem Haus gelassen" und Silke musste bei dieser Geste lachen. „Natürlich! Lieb von dir, danke." Sie frühstückten in fröhlicher Stimmung und ich war zufrieden, da die Spannung des gestrigen Abends verflogen war.

Rainer machte sich zeitnah auf den Weg in seine Kanzlei und versprach, am Abend pünktlich zum Essen mit Rohloff da zu sein. Silke warf ihm beim Hinausgehen einen Luftkuss hinterher und wünschte ihm einen schönen Tag. Dann machte sie sich an die alltäglichen Pflichten im Haus und auf dem Hof. Mit der Schubkarre und Forke bewaffnet betrat Silke den Stall, in dem die Schafe ungeduldig hin und her trippelten und bei unserem Eintritt lautstark blökten. „Begrüßt ihr so eure Mama?" Silke streichelte die Schafdamen und dachte laut nach „Ihr könnt nicht immer drinnen bleiben zumal draußen schönes Wetter ist. Na gut, ich lasse euch hinaus auf die Koppel. Aber, meine Damen, passt bitte auf herumfliegende Pfeile auf." Dann öffnete sie die Stalltore und die sieben Schafe stürmten an ihr vorbei. Ich schlenderte ihnen langsam hinterher und suchte mir ein Plätzchen in der Sonne, um meine alten Knochen zu wärmen.

Eine ganze Zeit später kam Silke mit Stroh in den Haaren und Heu auf der Kleidung aus dem Stall. Sie sah zufrieden aus. „Engelchen, Mama ist fertig. Wollen wir gleich kurz aufs Sofa und eine Runde kuscheln?" Ich erhob mich und marschierte zu Silke, das Angebot war verlockend. Gerade, als ich bei Silke ankam, flog ein Pfeil an Silke vorbei. Sie erschrak und sprang an die Seite. „Vorsicht Siley" raunte sie mir zu und sah sich um. Der Pfeil lag neben Silke und hatte sie nur um ein

Haar verfehlt. Ich drehte mich um und versuchte herauszufinden, von wo er gekommen war. Die Schafe standen am Gatter und blickten zu uns, sie hatten nichts mitbekommen. Mit der Nase in der Luft witterte ich einen fremden Geruch, nein, es waren sogar zwei, doch ich konnte nicht sehen. Geduckt schlich ich mich zu den Schafen, Silke stand nun hinter dem Stalltor und schaute vorsichtig um die Ecke. Zwischen den Bäumen konnte ich eine leise Bewegung wahrnehmen und rannte los. Im vollen Lauf bellte ich aus tiefer Kehle und sah dann, dass zwei Personen hektisch davonliefen. Einer hatte etwas fallen lassen, rannte zurück und sah panisch in meine Richtung. Als ich an der Baumreihe angekommen war, sah ich nur noch einen Wagen mit quietschenden Reifen davonfahren. Hinter mir konnte ich Silke hören, die mir gefolgt war „SILEY!" Ich wartete noch kurz, kehrte dann aber um, weil ich mir sicher war, dass ich die beiden Personen vertrieben hatte. „Gut gemacht" lobte mich Silke, „Die sind weg." Langsam gingen wir zurück und Silke blickte sich noch einmal genau um. „Ich denke, vorerst kommen die nicht wieder, daher dürft Ihr noch draußen bleiben und grasen" sagte sie zu den Schafen.

Silke ging ins Haus und bereitete das Abendessen vor, es sollte

Schweinelendchen mit Gemüseauflauf geben. Ich blieb auf dem Hof und legte mich so ab, dass ich die Schafe und den größten Teil der Koppel im Blick hatte. Eine Weile lag ich auf meinem Posten und hörte Silke im Haus hantieren, da bemerkte ich, dass auf der Straße ein Wagen langsam vor unser Tor fuhr. Eine Frau saß am Steuer und als sie die Wagentür öffnete, stand ich auf und lief bellend zum Tor, um Silke darüber in Kenntnis zu setzen. Sie sah aus dem Fenster und kam aus der Tenne, sie trocknete sich die Hände am Küchentuch ab. Die Frau aus dem Wagen stand suchend vor dem Tor. „Moin. Kann ich Ihnen weiterhelfen?" rief Silke ihr zu. „Oh... Ja. Ich suche Frau Lüttmann" antwortete die Frau und schaute über das Tor. „Das bin ich" stellte Silke sich vor, „Mit wem habe ich denn die Ehre?" Die Dame trug feine Kleidung und ihr Blick wanderte über unseren Hof. „Mein Name ist Baumann. Rita Baumann. Ich bin... war die Frau von Karsten Baumann. Bei der Polizei hatte man mir gesagt, dass Sie ihn gefunden haben." Silke sah zu mir runter, ich wedelte leicht mit der Rute. „Frau Baumann... Mein Beileid zum Tod Ihres Mannes." Die beiden Frauen sahen sich an, ich stupste Silke mit der Nase an die Hand. „Entschuldigen Sie. Wollen Sie hereinkommen?" Frau Baumann nickte und Silke öffnete das Tor. Ich beschnupperte den unerwarteten Gast, dem das sichtlich unangenehm war. „Siley, lass bitte." Silke zog mich zurück und ließ die Witwe von Studienrat Baumann ein.

Silke setzte Teewasser auf und setzte sich dann zu Frau Baumann an den Tisch. Die Frauen unterhielten sich in leisem Ton, daher legte ich mich direkt neben den Tisch. Frau Baumann hob mit zitternder Hand die Teetasse und sprach von ihrem verstorbenen Mann. Silke saß ihr gegenüber und hörte ihr zu und sagte nichts weiter als zwischendurch mal ein „Ja..." und „Hmmm..." Das Gespräch verlief recht stockend. Nachdem Frau Baumann über Erinnerungen mit ihrem Mann gesprochen hatte, sah sie Silke ins Gesicht und wollte von ihr wissen, was uns aufgefallen war, als wir ihren Mann am Sperrwehr gefunden hatten. Silke überlegte einen Moment, sah zu mir und zuckte dann nur mit den Schultern. „Ich kann Ihnen dazu leider nichts sagen. Da müssen Sie bitte die Polizei fragen, die in dem Fall ermittelt und Ihnen sicher Informationen geben kann." Frau Baumann reagierte im ersten Augenblick nicht, doch dann brach sie in Tränen aus. Silke war sichtlich überfordert mit der fremden Frau, die tränenaufgelöst in unserer Küche saß. Ich setzte mich auf und wusste nicht, was ich tun sollte, da Frau Baumann meine Anwesenheit anscheinend nicht geheuer war. Silke war aufgestanden und um den Tisch gelaufen, um Frau Baumann tröstend die Hand auf die Schulter zu legen. „Ich kann mir durchaus vorstellen, dass dies eine schwere Zeit für Sie und Sie Fragen ohne Ende haben. Es tut mir unendlich leid für Sie, dass Sie diesen Verlust erleiden müssen." Frau Baumann zückte ein Taschentuch und trocknete sich die Tränen „Verzeihen Sie bitte meinen Gefühlsausbruch. Ich hatte nur gehofft, dass Sie mir Details sagen können. Ich werde nun gehen." Damit erhob sie sich und begab sich zur Tür. Silke und ich folgten ihr, sie sah mich an und zuckte mit den Schultern. Wir begleiteten unseren Gast zum Tor und Silke gab Frau Baumann zum Abschied die Hand, sie wünschte ihr alles Gute. Dann fuhr die Dame ab und Silke hockte sich neben mich. „Was war das denn?" Ich wusste, was Silke meinte. Woher wusste die Witwe von dem Toten, wo wir wohnen, und warum hat sie Silke ausgefragt. Wir wollten gerade ins Haus gehen, als Rainer vorfuhr, dem wir das Tor wieder öffneten.

„Hallo Ihr zwei Rabauken" Rainer sprühte vor guter Laune, „Habt Ihr etwa schon sehnsüchtig auf mich gewartet?" Silke lachte „Großes Ego heute?" Ich freute mich über die fröhlichen Neckereien der Beiden und rannte über den Hof. Silke berichtet Rainer von dem

Besuch von Frau Baumann. Er runzelte die Stirn „Das ist aber seltsam..." Silke zog ihn am Arm „Egal! Lass uns reingehen, wir müssen noch das Abendessen bereiten, nachher kommt doch der Rohloff und wir erfahren dann, wie wir mit inoffizieller polizeilicher Erlaubnis ermitteln dürfen." Auf dem Weg ins Haus plauderten Rainer und Silke über allgemeine Dinge und ich entschloss mich, zu den Schafen auf die Wiese zu gehen. In der Ferne meinte ich, den Wagen von Frau Baumann zu sehen, das aber ja nicht sein konnte. Mit Beginn der Dämmerung erschien Silke in der Tennentür „SILEY!" Ich flitzte zu ihr und sie streichelte meine Ohren. „Du hast ein kaltes Fell. Wo hast du dich rumgetrieben?" schalt sie mich. Ich sah unschuldig drein und half ihr dann, die sieben Schafdamen in den Stall zu treiben, wo sie noch etwas frisches Heu und Körner bekamen. „Geh schon mal ins Haus" wies Silke mich an, ich mache nur noch das Hühnerhaus zu und bin dann auch gleich da.

Das Essen stand im Ofen und roch fantastisch. Silke hatte sich umgezogen und sah prima aus in ihrer Jeans und auch Rainer hatte sich umgezogen. Als es klingelte ging Rainer zur Tür und ließ Marc Rohloff ins Haus. Ich begrüßte ihn halbherzig, da ich ungeduldig auf den Beginn des Essens wartete und auf meinen Anteil davon. Die Menschen setzten sich und fingen mit dem Essen an. Rohloff begann nach den ersten Bissen an, Silke und Rainer über den letzten Fall auszufragen. Silke wies auf mich und sagte „Die meisten Spuren hatte Siley entdeckt." Alle drei schauten auf mich und ich blinzelte mit den Augen. „Dann bist du dieses Mal auch wieder mit von der Partie" sagte der Kripobeamte. Er wandte sich an Silke „Ich gehe davon aus, dass Sie sich trotz Aufforderung meiner Kollegen nicht von weiteren Ermittlungen abhalten lassen werden. Dass Sie den Kopf gesucht haben, ist mir Beweis genug." Silke hielt seinem Blick stand „Wenn ich sage, dass wir uns dort zufällig aufgehalten hätten, wäre das wohl nicht die Wahrheit." Rohloff grinste „Das war mir klar, deswegen kam mir der Gedanke, dass ich Sie, ganz inoffiziell natürlich, mit einbeziehen möchte. Sie kennen die Gegend und auch die Menschen, ich bin erst vor einem Monat hier her versetzt worden und bin im Grunde völlig fremd." „Wie stellen Sie sich das im Einzelnen vor?" fragte Rainer. Rohloff blickte wieder zu Silke „Ich gebe Ihnen freie Hand, aber nur, wenn ich mich darauf verlassen kann, dass Sie mich bei allem, was Sie herausfinden, und sei es auch noch so unwesentlich, mich SOFORT anrufen."

Rainer stand vom Tisch auf. Ich konnte merken, dass seine gute Laune von vorhin sich in Gereiztheit wandelte. „Bringst du uns noch etwas Wasser" fragte Silke. Rohloff sprach weiter und Rainer stellte das Wasser wortlos auf den Tisch. Nach dem Essen schnitt Silke mir zwei Lendchen klein und tat sie mir in den Napf. Dann kochte sie Tee und der Abend neigte sich dem Ende zu. Rohloff bedankte sich für das Essen, streichelte mir über den Kopf und ging zu seinem Wagen. Er gab Rainer kurz die Hand und als er Silke die Hand reichte, sagte er noch „Bitte passen Sie auf sich auf, bringen Sie sich nicht unnütz in Gefahr", dann fuhr er los. Silke hakte sich bei Rainer unter und sie gingen langsam zum Haus. „Hach, wir sind nun Detektive" freute sie sich. Rainer grummelte etwas Unverständliches. Silke blieb stehen und drehte sich zu ihm „Wie bitte?" Rainer sah finster drein „Wir? Rohloff meinte da wohl eher nur dich und Siley" sagte er verstimmt. „Das ist nicht dein Ernst." Ich wartete auf die beiden an der Tür und sah, dass Silke traurig wurde. „Was ist denn plötzlich los mit dir?" fragte sie Rainer. „Das fragst du noch? Das war doch offensichtlich, dass der Rohloff mit dir geflirtet hat. Er ist jung und sieht dazu noch gut aus." Silke starrte Rainer an. „Du siehst Gespenster! Er war nur nett." Silke löste ihren Arm von Rainer und ging ein paar Schritte voraus. „Bist du nun dabei? Oder wollen wir wieder streiten?" fragte sie mit Tränen in den Augen. Rainer ging auf sie zu und legte den Arm um sie „Verzeih bitte." Silke nickte und wir gingen ins Haus. „Bleibst du über Nacht oder willst du lieber nach Hause?" Rainer zögerte kurz „Ich denke, es ist besser, wenn ich nach Hause fahre." „Okay" sagte Silke knapp und machte sich daran, die Küche aufzuräumen. Rainer gab ihr noch einen Kuss auf die Stirn und fuhr dann los. Der Abend war seltsam ruhig, ich kuschelte mich an Silke, die niedergeschlagen war, und wir schliefen engumschlungen ein.

7

Das Frühstück war still, wir aßen schnell und dann ging Silke in den Stall. Sie wollte im Anschluss mit mir einen Ausflug machen. Ich legte mich noch einmal kurz in mein Bettchen und machte ein kleines Schläfchen, bis Silke startklar für unsere Tour war. Mit dicker Jacke und Stiefeln stand sie vor mir, ich hatte gar nicht mitbekommen, dass sie wieder im Haus war und sprang aus meinem Bett. Silke zog mir das Geschirr an und ich rannte zu unserem Auto. Bevor sie den Wagen aufschloss, öffnete Silke das Einfahrtstor. Ich ging vorsichtig hinter das Tor in Richtung Straße. Ein verlockender Duft zog mich magisch nach links an die Hecke. Silke ging zum Wagen und schloss ihn auf, dann rief sie nach mir. Ich hörte nicht auf ihren Ruf, da ich ein leckeres Brot mir Salami gefunden hatte, dass ich von allen Seiten abschnupperte. Ein weiterer Ruf von Silke erschallte. Ich reagierte wieder nicht darauf. Silke trat auf die Straße und suchte nach mir. Als sie mich sah, kam sie zu mir „Keine Lust, mein Freund?" fragte sie. Ich sah nur kurz auf und widmete mich dann dem Salamibrot. Silke wurde schneller und stand dann neben mir. „AUS" brüllte sie, worauf ich das Brot schnappte und etwas von ihr wegging. „SILEY! AUS!!" Silke wurde energischer und packte mich am Geschirr. Ich hielt das Brot zwischen den Zähnen und wollte es herunterwürgen, doch Silke packte meine Schnauze und riss mit beiden Händen meine Zähne auseinander. „Lass ab!" zischte sie und griff mir ins Maul. Ich schaute sie böse an, ließ das Brot jedoch fallen und wand mich aus ihrem Griff. Silke packte das Brot und steckte es ein, ich rannte zum Auto und bekam ein schlechtes Gewissen.

Wir fuhren flott vom Hof, ich freute mich, dass Silke trotzdem den Ausflug mit mir machte. Doch meine gute Laune verflog, als ich bemerkte, dass Silke den Weg zum Tierarzt fuhr. Ich jaulte und wollte aus dem Wagen. „Alles gut, mein Bärchen" säuselte Silke mit besorgter Stimme. Beim Tierarzt angekommen sprang ich aus dem Wagen und folgte Silke mit gesenktem Kopf. „Komm schon" zog Silke mich weiter. Wir wurden bereits an der Tür erwartet und konnten sofort durchgehen. Ich hielt mich dicht an Silkes Seite und als ich mich weigerte, auf den Behandlungstisch zu steigen, hob man mich unsanft hinaus. Silke hielt meinen Kopf, der Tierarzt kam mit einer Lampe und leuchtete mir in die Augen. Mir gefiel das nicht und knurrte, „Nein" sagte Silke und hielt mir die Schnauze zu. Was wollten die denn nur von mir? Ich war böse auf Silke, da sie mir einen Ausflug versprochen hatte und ich nun stattdessen in der Tierarztpraxis gelandet war.

„Und?" Silke sah den Doktor an. „Wieviel hat er denn gefressen?" fragte der Arzt. Silke griff in ihre Tasche und holte das Brot heraus. „Siley hat wohl nur daran gelutscht, würde ich vermuten, abgebissen hat er nichts." „Das ist gut" hörte ich den Arzt sagen, der sich das Brot genauer anschaute. „Da ist in der Tat Gift drin, sieht aus wie Rattengift." Er zog eine Spritze auf und piekte sie mir in den Hintern. „Ich gebe ihm etwas zur Sicherheit." Silke umarmte mich und begann zu weinen „Mensch, Siley, du musst auf mich hören. Ich liebe dich und will dich nicht verlieren." Sie hatte ihr Gesicht an meins gedrückt und ich leckte ihr die Tränen von den Wangen. Mir wurde nun bewusst, dass ich durch meine Gier mein Leben gefährdet hatte. „Ich werde das der Polizei melden" sagte mein Tierarzt und begleitete uns zu Tür. „Schickst du uns die Rechnung zu?" fragte Silke. „Ich bringe sie mit, wenn ich übermorgen die Schafe impfe." „Silke gab ihm die Hand und dankte ihm, dann ging sie wortlos mit mir zum Auto. Ich sprang in den Kofferraum und sah Silke schwanzwedelnd an, um meine Reue zum Ausdruck zu bringen. „Du machst aber auch Sachen... Mach das bitte nie wieder!" Silke hatte schon wieder Tränen in den Augen, schloss den Kofferraum und stieg ein. „Auf den Schrecken fahren wir zum Schmuggelpadd und laufen ein wenig" sprach sie mich über den Rückspiegel an.

Gegen Mittag waren wir wieder zu Hause, wo uns Hanne aufgeregt entgegenkam. Silke parkte den Wagen unter der Remise und begrüßte ihre Freundin. „Moin Hanne. Was rennst du denn so?" Dabei lachte sie. Doch Hanne brachte kaum ein Wort heraus. „Die... Pferde..." „Was ist mit den Pferden?" Silke griff Hannes Arm und versuchte herauszubekommen, was los war. „Auf der Koppel... da wo die Weide von den Schafen angrenzt... Pfeile..." Hanne stotterte und fing sich nur langsam. Silke rannte zu den Schafen, ich galoppierte an ihr vorbei und kam vor ihr an der Weide an. Wir suchten voller Sorge die Weide nach unseren Damen ab. Silke wollte gerade über den Zaun klettern, als wir die Schafe ganz hinten am Unterstand sahen, sie grasten friedlich und als sie uns bemerkten, setzten sie sich in unserer Richtung in Bewegung. Silke ging ihnen entgegen. Ich lief um die kleine Herde herum und Silke begutachtete jedes einzelne ganz genau. „Alles in Ordnung mit ihnen" sagte Silke erleichtert zu mir. „Eine Aufregung nach der anderen heute." Hanne stand am Zaun und wartete, dass wir zurückkamen. Silke bat sie ins

Haus, damit sie bei einer Tasse Tee erzählen konnte, was sie gesehen hatte.

Der Tee beruhigte Hanne und sie berichtete, dass sie auf ihrer Pferdekoppel drei Pfeile gefunden hatte, nahe unserer Schafweide. Silke wollte wissen, ob eins der vier Pferde verletzt wäre, doch Hanne sagte, dass dem nicht so sei. Ich bellte einmal, damit Silke mir Aufmerksamkeit schenkte, sie nickte mir zu und erzählte Hanne von dem Pfeil, der in Isabellas Wolle gesteckt hatte und von dem Giftköder, den ich an unserer Hecke gefunden hatte und an dem ich qualvoll hätte sterben können. Ich leckte kurz Silkes Hand, als sie mich streichelte und schon wieder mit den Tränen kämpfte. Hanne nahm Silkes Hand und tröstete Silke. Die beiden Frauen tranken weiter ihren Tee und überlegten, was dahinterstecken mochte, wobei Silke nicht umhinkonnte, Hanne von den Ereignissen der letzten Tage zu berichten. Einige Minuten sprach niemand und ich schaute abwechselnd zu Silke und Hanne, als beide Frauen zur gleichen Zeit „Nachtwache" ausriefen. Sie sahen sich an und begannen zu lachen. „Zwei Doofe, ein Gedanke." Sie schmiedeten einen Plan, wie die Nachtwache zu bewerkstelligen wäre. Hannes Mann Hansi, Jens mit seiner Freundin und Helge mussten mit ins Boot geholt werden. „Was ist mit Rainer?" fragte Hanne. Silke winkte ab „Hör bloß auf... Ich habe keine Ahnung, was mit ihm los ist. Er ist seit dem Besuch des Kripobeamten Rohloff wie ausgewechselt. Ich vermute, er ist eifersüchtig, wobei ich nicht wirklich weiß, warum. Seit gestern Abend hat er sich nicht mehr gemeldet." Hanne sagte nichts mehr dazu, schüttelte nur leicht den Kopf und ging dann nach Hause. Silke und sie wollten die anderen nun anrufen und für die bevorstehende Nachtwache einteilen.

Der Abend war sternenklar und kühl. Hanne, Hansi, Helge, Jens und Meike trafen sich bei Silke, die Häppchen und kannenweise Kaffee und Tee vorbereitet hatte. Das Licht im Hof leuchtete hell. Hansi und Meike wollten als erste die Wache antreten, da sie am nächsten morgen früh raus mussten, dann sollten Hanne und Jens folgen und zum Schluss dann Silke und Helge. Von mir wurde erwartet, dass ich im Notfall jeder Wache zur Seite stünde. Die einzelnen Wachen wollten im Stall Stellung beziehen, von wo aus man die Schafkoppel und einen großen Teil der Pferdekoppel sehen konnte. Hanne und auch Silke hatten die Tiere über Nacht auf der Weide gelassen, und waren sehr angespannt. Ich schlich ungesehen immer wieder über die Weiden, da ich durch mein schwarzes Fell in der Nacht nicht zu sehen war.

Die erste Wache verging ohne besondere Vorkommnisse und Hansi und Meike verabschiedeten sich und gingen nach Hause. Dabei gingen sie hinterm den Stall entlang und kletterten leise über den Zaun. Hanne und Jens traten ihre Wache an und schlichen am Zaun entlang, es war nichts zu sehen. Meine Nase und mein feines Gehör nahmen ebenfalls nichts wahr und ich legte mich neben Hanne, die gedankenverloren meinen Rücken kraulte. Jens stand immer wieder auf, um aus dem Stall heraus über die Weiden zu schauen. Zwischen den Kontrollgängen setzte er sich wieder zu uns und trank mit Hanne Kaffee aus der Thermoskanne, die Silke ihnen mitgegeben hatte. Sie sprachen nicht miteinander, damit man sie nicht hören konnte. Hanne hatte eine Decke übergelegt, da es nur noch 6 Grad waren und die Stalltür zudem noch weit offenstand. Draußen brummten die Schafe ab und zu leise, waren ansonsten jedoch ruhig. Ich genoss Hannes Streicheln und nickte irgendwann ein. Hanne hatte sich zurückgelehnt und auch ihr fielen die Augen zu. Jens blieb wach und setze seine Kontrollgänge fort.

Plötzlich wurde ich wach. Ich hob meinen Kopf und spitzte meine Ohren. Da war ein Geräusch, das nicht zu den üblichen gehörte. Hanne war sofort wieder hellwach und saß aufrecht neben mir. Sie erhob sich langsam und auch Jens bemerkte, dass ich in Habacht-Stellung ging. Meine Nase hielt ich hoch in die Luft und sog meine Umgebung ein. Da war etwas und ich schlich mich vorsichtig aus dem Stall. Die Schafe lagen in ihrem eng zusammen in ihrem Unterstand und ruhten. Links von mir wieherte leise eines der Pferde und ich konnte erkennen, dass sie unruhig umherliefen, sie hatten Gefahr gewittert. Ich blickte zu Jens, der mit einer Forke bewaffnet neben mir stand, er folgte meinem Blick, konnte jedoch nichts erkennen. Hanne stand hinter uns und hatte einen Spaten gegriffen. Das Geräusch kehrte wieder und nun konnte ich hören, dass es sich um Schritte handelte. Es waren zwei Personen, die sich vorsichtig an die Koppel schlichen, meine Nackenhaare sträubten sich von ganz allein und ich knurrte leise. Jens hielt seine Forke mit beiden Händen und wartete darauf, was ich tun würde. Einer der beiden Personen war bereits am Zaun angekommen, ich sah, dass er etwas in den Händen hielt. Geduckt schlich ich mich voran, Hanne hatte sich bereits zum Abdach bewegt und hinter unserem Schlepper versteckt, Jens blieb hinter mir.

Meine Muskeln waren zum Zerreißen gespannt und ich setzte zu einem großen Sprung an. Bevor ich den ersten Eindringling erreichte, hörte ich etwas an mir vorbeisauen. Ich sprang der Person mit den Vorderpfoten in den Bauch und holte ihn damit von den Beinen. Er schrie laut auf, da er auf einem Ast gelandet war. Jens hielt ihn mit seiner Forke in Schach und ich rannte zu Hanne, die sich mutig auf die zweite Person zubewegt hatte und ihren Spaten hocherhoben hielt. Er hatte uns gesehen und versuchte wegzurennen, doch ich packte ihn am Hosenbein und brachte ihn damit zu Fall. Hanne schrie auf ihn ein und er hielt die Hände über den Kopf. Das Licht im Hof war angegangen und Silke rannte über den Hof. „Siley!" Ich bellte und wies ihr den Weg zu uns. Jens rief ihr zu „Ruf die Polizei, wir haben hier zwei junge Männer, für die sie sich sicher interessiert." Helge tauchte nun ebenfalls auf „Ich habe die Polizei bereits angerufen, sie sind gleich da."

Die jungen Männer kauerten am Boden. Sie hatten einen Bogen und einen Köcher voll mit Pfeilen bei sich. Silke sah sich das an und schnauzte sie an „Was stimmt mit euch denn nicht? Erst schießt ihr auf mich und meinen

Begleiter und nun auf wehrlose Tiere?"
Sie war in Rage und Hanne zog sie weg.
Ich blieb bei Silke, damit sie sich
beruhigte und als die Polizei eintraf,
öffneten wir das Tor. „Moin", nahmen
wir die Beamten in Empfang, „Wir
haben die Bogenschützen in Flagranti
erwischt. Sie sind hinterm Stall." Die
Polizisten gingen direkt durch und
nahmen die beiden Männer fest. Den
Bogen samt Pfeilen sammelten sie als
Beweisstücke ein. „Wurde jemand
verletzt?" fragte einer der Beamten, als
Hannes Schrei alle zusammenzucken
ließ. Ich eilte sofort zu ihr, sie stand auf
der Pferdekoppel und wir sahen, dass
eines der vier Pferde verletzt war. Der
Pfeil, den der Bogenschütze
abgeschossen hatte, kurz bevor ich ihn
umgerannt hatte, hatte das Pferd
gestreift und es blutete stark. Silke
holte ihr Smartphone heraus und rief
den Tierarzt an.

Der Tierarzt war in wenigen Minuten vor
Ort. Er blickte zu mir, doch Silke wies
auf die Koppel, wo Hanne und Helge bei
dem verletzten Pferd standen. Die
anderen Pferde standen nah dabei und
trippelten unruhig. „Wie ist das
passiert?" fragte der Arzt und öffnete
seine Tasche. Jens berichtete, was
vorgefallen war und der Tierarzt
versorgte die Wunde des Falben. Die
Polizei hatte noch Fotos gemacht und
führte dann die beiden nächtlichen

Besucher in Handschellen ab. „Die Polizei vermutet, dass die jungen Männer auch den Giftköder für Siley ausgelegt haben." Die Verschlüsse schnappten zu und der Tierarzt sah in die Runde „Das ist anscheinend eine gefährliche Gegend hier" sagte er und ging kopfschüttelnd davon. „Ach so, ich schaue morgen nochmal nach der Wunde, sofern ich nicht heute Nacht erneut von euch gebraucht werde." Silke hatte Hanne in den Arm genommen und brachte sie ins Haus, während sich Jens und Helge darum kümmerten, dass die Pferde und auch die Schafe in den Stall kamen.

Hanne wollte ihren Mann Hansi nicht stören, da dieser am nächsten Tag Frühschicht hatte und so bereitete Silke ihr das Gästezimmer vor, damit sie über Nacht bleiben konnte und sendete Hansi eine Nachricht, damit er sich keine Sorgen machte. Hanne wollte ihm am nächsten Tag von dem Streifschutz auf den Falben erzählen. Silke holte Whisky aus dem Schrank und goss vier Gläser ein. Auf den Schrecken tranken sie den Whisky und dann gingen Jens und Helge nach Hause. Ich schlich mich zu Silke und wollte nur noch in ihren Armen liegen. Das war doch etwas viel für mich gewesen an diesem Tag. Hanne saß noch eine Weile stumm auf dem Sofa, sie war sichtlich geschockt und Silke bat sie, ins Bett zu gehen und wenigstens etwas zu schlafen zu versuchen, es wäre ja nochmal gutgegangen. Hanne nickte und ging mit schleppenden Schritten ins Gästezimmer. Silke stellte das Geschirr noch in die Spülmaschine und sah dann kurz bei Hanne ins Zimmer, sie war vor Erschöpfung eingeschlafen. Endlich lagen auch wir im Bett und ich drängte mich in Silkes Arm, ihr war die Erleichterung anzumerken, da nun keine Gefahr mehr für mich und die anderen Tiere bestand.

8

Der nächste Tag verlief ruhig. Hanne kam mit Barney auf einen Cappuccino vorbei und wir tobten über den Hof. Die Sonne warf Schatten und wir jagten diese, bis uns die Puste ausging. Silke hatte frisches Wasser für uns hingestellt und wir schlabberten dies und ließen uns die kleinen Hühnerkaustangen schmecken, die sie uns zugeworfen hatte. Hanne saß entspannt im Gartenstuhl und sah zu den Schafen, die bedächtig über die Wiese schritten und grasten. Es war ein schöner Frühlingstag und wir genossen die ländliche Ruhe und den Duft der erwachten Natur.

„Hat Rainer sich gemeldet?" fragte Hanne. „"Nein" gab Silke knapp zurück, „Das ist aber seine Sache, ich bettele ihm sicher nicht hinterher." Hanne sah sie an, schwieg aber. „Hast du gesehen? Die Tulpen kommen nun. Mein Traum aus rosa und weiß erfüllt sich." Silke schaute zum Blumengärtchen und man sah ihr die Freude darüber an. „Du hast jedes Jahr andere Ideen" lachte Hanne und nahm sich ein Plätzchen. „Das tut gut nach der aufregenden Nacht." Sie lehnte sich zurück und hielt ihr Gesicht in die wärmende Sonne. „War Gerd schon beim Falben?" „Ja, der Tierarzt war schon gleich um acht Uhr am Morgen bei uns, dem Falben geht es gut, es wird wohl eine leichte Narbe bleibt, ansonsten hat er das vermutlich bald vergessen" antwortete Hanne. „Was geht nur in solchen Menschen vor, die Tiere quälen?" Silke sah in die Ferne, „Ich meine ja, dass diesen Menschen jegliches Sozialverhalten abgeht, anders kann ich mir das nicht erklären." Barney und ich liefen in den Stall und legten uns ins Heu und beobachteten das Umfeld. In der Ferne sahen wir Radfahrer und ein paar Leute mit Hunden, die wir nicht kannten, das waren wohl Touristen.

Silkes Handy klingelte und ich spitzte die Ohren. „Lüttmann" meldete sie sich, „Ach Herr Rohloff. Gibt es Neuigkeiten?" Sie lauschte in das Smartphone. „Ja, das war furchtbar, aber dank meiner tollen Nachbarn und Freunde konnten die Männer verhaftet werden und es ist kein Tier weiter zu Schaden gekommen." Hanne rief Barney zu sich. „Gerne. Kommen Sie doch am Abend vorbei, dann wissen Sie vielleicht auch, aus welchen Beweggründen die jungen Männer gehandelt haben." Sie legte auf und Hanne machte sich auf, mit Barney nach Hause zu gehen. Die beiden Frauen umarmten sich und dann gingen Silke und ich zu den Schafen, die sie an diesem Tag noch scheren wollte. Ich half ihr, indem ich ihr alle sieben Schafdamen nach und nach zutrieb. Danach hockten wir uns auf die Weide und freuten uns an den Spielereien der drei Jungschafe.

Nach getaner Arbeit duschte Silke und zog sich eine Jeans und einen dünnen Pullover an. Ich wurde gegen meinen Willen gebürstet, vergaß das Ziepen im Fell aber, als mir mein Napf mit Innereien vorgestellt wurde. Kaum, dass ich aufgefressen hatte, klingelte es an der Tür. „Das wird Marc Rohloff sein" sagte Silke zu mir und ging zum Tor. Doch dort stand Christian und entschuldigte sich für seinen unangemeldeten Besuch. Silke freute sich, ihn zu sehen und ließ ihn ein. Sie gingen in die Küche, doch ich vertrieb mir noch ein wenig die Zeit auf dem Hof und als es erneut klingelte, stand ich als erster am Tor. „Hier mein kleiner Freund" er reichte mir einen Hundekeks, den ich gerne nahm. Ich blickte mich kurz nach Silke um und verschlang den Keks, meine Vorsicht vergaß ich jedes Mal, wenn es um Essen ging, dabei war ich den Tag zuvor erst einem Giftköderanschlag nur knapp entgangen.

„Herr Rohloff" rief Silke und öffnete das Tor. Ich leckte mir noch einmal über die Lefzen und wollte den Gast beschnuppern „Hast du etwa wieder etwas gefressen, ohne, dass ich das erlaubt habe?" Silke schalt mich und ich senkte den Kopf. „Oh! Das ist mein

Fehler, ich hatte gedacht, ich tue Ihrem Hund etwas Gutes." Rohloff sah schuldbewusst auf mich. „Wir waren Vormittag beim Tierarzt, es hatte jemand einen Giftköder hier vorne an der Hecke ausgelegt." „Davon wurde mir berichtet und auch, dass in der Nacht bei Ihnen zwei junge Männer verhaftet wurden, die mit Pfeil und Bogen auf Ihre Tiere geschossen haben. Ich würden Ihren Hund niemals vergiften." Silke schaute ihn an „Ja, das war heftig und ich frage mich, was treibt Leute um, so etwas zu tun?" Rohloff folgte Silke in die Küche, wo Christian sich seinen Tee schmecken ließ. Die beiden Männer begrüßten sich und Silke stellte eine weitere Tasse auf den Tisch. Sie unterhielten sich über die letzte Nacht und alle waren froh, dass außer einem Streifschuss nichts weiter passiert war. Ich hatte mich auf das Küchensofa gelegt und döste. „Was halten Sie davon, wenn Sie uns heute Abend zum Essen begleiten?" fragte Christian den Kripobeamten. Silke schaute ihn verwundert an „Wir wollen Essen gehen?" „Das war mein Plan" gab Christian zurück, „Ich habe einen Tisch im alten Stahlwerk reserviert." Rohloff sah verlegen aus „Das ist sehr freundlich von Ihnen, ich möchte jedoch nicht stören." „Papperlapapp!" sagte Christian, „Sie stören nicht, im Gegenteil, ich bin neugierig, was sich Fall Baumann getan hat." Silke nickte

„Geben Sie sich einen Ruck! Es ist sehr nett dort und das Essen phänomenal."
„Ich komme wohl nicht umhin" gab sich Rohloff geschlagen und stimmte zu. „Lassen wir doch die Förmlichkeiten, ich bin Christian" sagte er und reichte Rohloff die Hand. „Marc" sagte dieser. „Ach Jungs" Silke lachte, „ich bin Silke und das ist Siley" zeigte sie auf mich. Christina griff nach seinem Mantel und drängte zum Aufbruch. Silke zog mir mein feines Ausgehgeschirr an und wir stiegen in unseren Wagen, um zum alten Stahlwerk zu fahren.

Das Essen war vorzüglich und ich bekam unter dem Tisch von allen dreien etwas zugesteckt. Ich folgte dem Gespräch und erfuhr, dass Rohloff den Bericht des Verhörs der beiden nächtlichen Bogenschützen gelesen hatte. Sie hatten die Schüsse auf unsere Schafe und die Pferde von Hanne und Hansi zugegeben. Sie stritten jedoch vehement ab, den Giftköder ausgelegt zu haben, den ich fast gefressen hätte. Silke verdrückte ihre Tränen, „Wehe dem, der meinem Sileylein Leid zufügt." Rohloff erzählte weiter, dass die beiden aus purer Langeweile mit dem Bogen geschossen hatten und dabei auf die Idee gekommen waren, auf Tiere zu zielen. Alle drei waren sich einig, dass mit den jungen Männern etwas nicht in Ordnung sein konnte, und sie waren sich einig, dass auch der Giftköder auf deren Konto ging.

Nach dem Hauptgang entschied sich Christian dazu, noch ein Eis zu bestellen und Silke und Marc orderten einen starken Kaffee. Marc fragte Silke erneut zu der Attacke bei der Brandruine von der Hosenfabrik, wo wir den Kopf des Toten gefunden hatten. „Sie wurden dazu befragt, aber auch das haben die beiden Männer abgestritten. Ist dir vielleicht etwas aufgefallen, dass die beiden damit in Verbindung bringen könnte?" Silke überlegte und schüttelte den Kopf. „Der Pfeil, den die Angreifer verloren hatten, wurde der mit denen von gestern verglichen?" Marc nahm einen Schluck Kaffee „Leider hatten die beiden die verschiedensten Sorten von Pfeilen in ihrem Köcher, daher hilft uns das leider nicht weiter." Christian dachte nach, während er sein Eis verzehrte und wir zuckten zusammen, als er „Hah!" ausrief. Silke und Marc sahen ihn fragend an. „Siley hat doch einen der beiden Angreifer aus der Ruine in die Hand gebissen…" „Stimmt!" sagte Silke, „Er hat in die linke Hand gebissen, die daraufhin stark blutete." Ich legte meinen Kopf auf Silkes Knie und war mir bewusst, dass ich etwas Gutes getan hatte. „Eine Bisswunde hat keiner der beiden von gestern aufgewiesen" sagte Marc und war dabei etwas enttäuscht, „Mir scheint, da steckt anscheinend doch noch mehr dahinter."

Die drei Menschen beendeten das Essen und Silke ließ sich die Fleischreste für mich einpacken. Dann fuhren wir nach Hause und Marc trennte sich, um den Heimweg anzutreten. Christian blieb noch eine Weile und sprach mit Silke über Rainer. „Ich habe heute mehrfach versucht, ihn anzurufen, doch er geht nicht ran und ruft auch nicht zurück. Sollte ich etwas wissen?" Silke winkte ab „Er hat sich aufgeführt wie ein pubertärer Junge und war ernsthaft eifersüchtig auf Marc. Du weißt, dass ich so etwas nicht leiden kann und mir auch gewiss keine Regeln aufdrücken lasse." Christian nickte verständig „Das sind ja ganz neue Züge bei Rainer." Ich legte die Pfote auf die Nase und Christian lachte „Siley, du bist doch die einzige Liebe von Silke." Ich bellte und rannte durch die große Küche. Silke öffnete die Tür „Tob dich draußen aus, du große Liebe von Silke." Dann ging Christian und ich rollte mich auf mein Bett, mir war heute danach, allein zu schlafen, was Silke respektierte und die Tür zum Schlafzimmer einen Spalt offenließ, damit sie hören konnte, wenn etwas mit mir sein sollte. Später in der Nacht wurde ich von einem Lichtkegel wach, der durch die Küche streifte und entschloss mich, zu Silke ins Bett zu krabbeln. Im Halbschlaf deckte sie mich zu und brummelte „Hast du schlecht geträumt?" Ihre Wärme verdrängte mein ungutes Gefühl und ich schlief wieder ein.

Das Telefon weckte uns früh am Morgen. Silke meldete sich verschlafen „Ja bitte?" Ich rückte näher an den Hörer und versuchte mitzuhören. Marc Rohloff war am anderen Ende und befragte Silke über die Bisswunde, die ich dem Bogenschützen in der Ruine zugefügt hatte. Sie wurde wacher und erzählte detailliert, wie der Angriff an der Hosenfabrik abgelaufen war. Marc hörte genau zu, stellte einige weitere Fragen und sagte, er wolle sich dazu wieder melden. Nun waren wir beide hellwach und Silke drückte mir einen Kuss auf die Nase und schubste mich aus dem Bett „Auf in den Tag" sagte sie. Nach der Stallarbeit wollte sie die Schurwolle zu einem Bekannten bringen, der diese verarbeiten wollte. Als wir nach draußen kamen war der Boden gefroren und Silke holte sich Mütze und Handschuhe. Ich rannte umher, da bei Frost meine Nase noch mehr Gerüche wahrnehmen konnte. Im Nu hatte Silke die Arbeit erledigt und packte die Wolle in große Tüten, die sie im Kofferraum unseres Wagens verstaute. Ich stand daneben und fragte mich, ob ich mitkommen dürfe. Silke ging wieder ins Haus, holte ihre Tasche und öffnete die Beifahrertür

„Komm, du Schlawiner, steig ein." Das ließ ich mir nicht zweimal sagen und sprang mit einem Satz auf den Sitz. Sie legte mir mein Geschirr an und sicherte mich mit einem Gurtstück.

Auf dem Hof des Biobauern, dem Silke jedes Jahr die Schurwolle unserer Damen brachte, löste sie meinen Gurt und ich rannte zu Cairo, dem großen altdeutschen Schäferhund des Bauern. Wir spielten kurz und dann zog es uns in den Kuhstall. Silke wurde auf eine Tasse Tee ins Haus gebeten und begutachtete begeistert die bunte eingefärbte Wolle- Sie nahm für sich einen hellblauen Schal und eine naturfarbene Mütze mit, für Rainer suchte sich einen dunkelblauen Schal aus. Dann rief sie nach mir und ich nahm wieder im Kofferraum Platz. Wir machten noch einen Abstecher über die Raiffeisengenossenschaft und besorgten Körnerfutter für die Hühner. Ich konnte riechen, dass Silke auch für mich etwas besorgt hatte und wedelte mit dem Schwanz. Ich wartete ungeduldig im Wagen, als sie noch ein paar Einkäufe im Supermarkt tätigte.

„Wir werden bereits erwartet" sagte Silke und ich konnte den Wagen an unserem Hof sehen. Das Tor schwang auf, Silke parkte, holte die Einkäufe heraus und ich flitzte dem Besucher entgegen. „Heute habe ich dir nichts mitgebracht" begrüßte mich Marc Rohloff. Er nahm Silke den Sack mit Körnerfutter ab und trug ihn in die Tenne. Auf dem Weg dorthin setzte er Silke ins Bild über seine Ermittlungen des Vormittags. Er hatte in den umliegenden Krankenhäusern und bei den Ärzten nachgefragt, ob ein Patient mit einer Bisswunde an der linken Hand zur Versorgung vorstellig gewesen war. Bei einem Arzt in Detern war er fündig geworden. Dort war ein Mann in die Praxis gekommen, der eine tiefe Bisswunde an der Hand hatte, die der Arzt mit 5 Stichen nähen musste. Ich bellte aufgeregt, da ich ganz Arbeit geleistet hatte. Silke klatschte in die Hände und lobte mich „Du bist der Beste!" Der Kripobeamte schüttelte lächelnd den Kopf. „Das war noch nicht alles..." begann er. Wir blickten ihn erwartungsvoll an. „Nun sag schon!" Silke wurde ungeduldig. Marc hob die Hände „Ist ja gut." Er genoss den Moment und holte tief Luft. Silke legte den Kopf auf die Seite und wartete, was er zu sagen hatte. Ich drehte mich im Kreis und gab grummelnde Geräusche von mir. „Na gut... Also... Der Mann mit der Bisswunde ist aktenkundig. Es handelt sich um einen mehrfach vorbestraften Betrüger. Andreas Wilmer. Sagt dir der Name etwas?" Silke schüttelte den Kopf „Nein, der Name sagt mir rein gar nichts." Marc holte ein Foto aus seiner Tasche und zeigte es Silke. „Nein, den Mann kenne ich nicht." Er hielt mir das Foto vor die Nase und ich schüttelte mich, um anzudeuten, dass ich diesen Mann auch noch nie gesehen hatte. „Hast du schon mit der Witwe Baumann gesprochen? Vielleicht kennt sie ihn, denn, dass Wilmer etwas mit dem Tod zu tun haben muss, scheint mir sicher zu sein. Rohloff blieb noch auf einen Kaffee und fuhr dann wieder los.

Silke griff zu ihrem Handy und war im Begriff, Rainer anzurufen. Dann entschied sie sich anders, aber ich merkte, dass sie sehr gern mit Rainer gesprochen hätte. Den Schal für Rainer legte sie in die alte Runddeckeltruhe. „Ach Siley, ich vermisse es, mit Rainer zu sprechen." Ich sah sie an und drückte meinen Kopf an ihr Bein. Sie kniete sich neben mich und umarmte mich. „Du bist immer da, dafür liebe ich dich."

9

Den Nachmittag verbrachte ich auf meinem Liegeplatz neben dem Stall und die Sonne wärmte mir die alten Knochen. Ich dachte über die Vorgänge der letzten Tage nach, irgendetwas schien mir nicht zusammenzupassen, ich kam nur nicht drauf, was es sein könnte, und schlief dann ein. Zu spät nahm ich die Schritte neben mir wahr und als ich die Augen öffnete traf mich ein harter Schlag am Kopf, ich wurde ohnmächtig.

Mit schmerzendem Schädel wurde ich wieder wach. Um mich herum war es dunkel und ich konzentrierte mich darauf, meinen Verstand klar zu bekommen. Mühsam erhob ich mich von dem alten dreckigen Sack, der unter mir lag. Wo war ich? Ich schnüffelte den ganzen Raum ab, doch ich konnte keinen mir bekannten Duft erkennen. Lautstark bellte ich und lauschte dann, keiner meldete sich. In mir kroch ein ungutes Gefühl hoch und ich suchte verzweifelt die Tür, doch diese war abgesperrt und alles Kratzen half nichts, ich kam hier nicht heraus. Wieder und wieder bellte ich, doch es hörte mich keiner und niemand holte mich hier heraus. Silke musste mich doch vermissen dachte ich bei mir, doch war mir bewusst, dass sie nicht wissen konnte, wo ich war, ich war entführt worden. Ich zerrte den schmutzigen Sack in eine Ecke und legte mich darauf, da der Raum ansonsten völlig leer war, und starrte auf die verschlossene Tür.

Stunde um Stunde verging, ich war mutterseelenallein. Dann hörte ich Schritte und der Schlüssel wurde herumgedreht. Ich stand vor der Tür, zum Sprung bereit, doch sie wurde nur einen winzigen Spalt weit geöffnet und eine Schüssel mit Wasser wurde hereingeschoben, danach ging die Tür wieder zu und wurde verschlossen. Vorsichtig näherte ich mich der Schüssel und schnupperte daran. War das Wasser vielleicht vergiftet? Mein Durst war jedoch übermächtig und so begann ich erst langsam und dann gierig zu saufen. Es war nur reines Wasser. Meine Lebensgeister erwachten zu neuem Mut und nun spürte ich Hunger, doch man hatte kein Futter gebracht. Denk nach, forderte ich mich selbst auf. Mein Unterbewusstsein meldete sich und ich erinnerte mich nun wage, was passiert war. Nachdem man mich niedergeschlagen hatte, wurde ich in ein Auto gewuchtet und man fuhr mich durch die Gegend, bis mich zwei Leute aus dem Auto holten und in diesen Verschlag sperrten. Silke... ich wollte zu Silke. Wieder bellte ich, bis ich heiser war, es war zwecklos. Vom Bellen müde und mit Kopfschmerzen legte ich mich wieder auf den Sack und schlief ein.

Ich musste lange geschlafen haben, denn als ich wach wurde sah ich durch eine kleine Ritze in der Wand Licht in den Raum blitzen. Auch war die Wasserschüssel wieder aufgefüllt worden. Mein Magen knurrte und ich sehnte mich zu Silke und unserer warmen Küche, wo es immer etwas Leckeres gab.

Meinem Kopf ging es inzwischen besser und das Denken fiel mir nun auch leichter. Irgendwie musste ich hier herauskommen. Erneut suchte ich jede Wand und jeden Stein ab, ob der Raum eine Schwachstelle hatte. Hinter einem Wandbehang fand ich eine weitere Tür. Diese war jedoch ebenfalls verschlossen, doch sie war aus Holz und nicht aus Kunststoff wie die andere, durch die mir Wasser gebracht wurde. Ich lauschte, ob ich Schritte hören konnte, doch es war still. Mit einer Pfote versuchte ich an der Tür zu kratzen, in der Hoffnung, dass das Holz nachgeben würde. Als ich mit den Krallen ein wenig Holz abgekratzt hatte, setzte ich beide Pfoten ein und kämpfte mich Millimeterweise vor. Es war anstrengend und ich war fast schon dankbar, als ich die Schritte an der Vordertür hörte. Schnell legte ich mich hin, der Wandbehang fiel wieder über die Holztür. Eine neue Schüssel Wasser wurde mir hereingeschoben, die ich durstig leer soff. Niemand sprach mit mir. Nachdem die Schritte sich wieder entfernt hatten, setzte ich meine Versuche, ein Loch in die Holztür zu kratzen, fort. Der Tag verging, ich hatte kaum etwas geschafft, doch war ich am Abend davon so müde, dass ich nur noch das neue Wasser soff und mit großem Hunger einschlief. Ich träumte von Silke und wie wir zusammengekuschelt auf dem Sofa lagen, dabei wurde ich von meinem eigenen Zucken wach und spürte, wie mir Tränen herunterliefen. Wieso war ich hier? Ich vermisste Silke so sehr, dass ich anfing zu jammern.

Rainer hatte auf Silkes Anruf hin sofort alles stehen und liegen gelassen und war zu ihr gefahren. Die Nachricht, dass Siley entführt worden war, machte auch ihn betroffen und er war besorgt um Siley und Silke. Zeitgleich mit Marc Rohloff fuhr er auf den Hof und nahm Silke wortlos in den Arm. Sie hatte die Schultern hängen gelassen und weinte bitterlich. „Wir müssen ihn suchen." Rohloff stand ein wenig abseits und wartete, bis Rainer und Silke sich aus ihrer Umarmung lösten. „Hallo Marc. Ich habe dir ja schon am Telefon erzählt, dass ein Zettel am Stalltor hing. Siley wurde entführt und man wird mir erst dann sagen, wo Siley ist, wenn

Wilmer freigelassen wird." Silke war völlig aufgelöst und die Tränen rannen ihr die Wangen herunter. Rainer legte den Arm um sie und wandte sich an Rohloff. „Wer ist Wilmer? Und was hat er mit dem Verschwinden von Siley zu tun? Ich bin in den letzten Tagen beschäftigt gewesen und es wäre schön, wenn Sie mich auf den neuesten Stand brächten." Rohloff nickte „Ich habe herausgefunden, wer Sie an der Ruine der alten Hosenfabrik angegriffen hat. Er hatte sich die Bisswunde behandeln lassen und so konnte ich ihn gestern früh am Morgen verhaften." Rainer zog die Stirn in Falten. Rohloff fuhr fort „Siley muss direkt im Anschluss an die Verhaftung von Andreas Wilmer gewaltsam vom Hof gebracht worden sein." Silke schluchzte „Ich war nicht da, als er mich brauchte…" Rainer hielt sie an den Schultern „Sowas darfst du nicht einmal denken! Du bist immer für ihn da und wir werden ihn finden!" Er sah ihr in die Augen und sie beruhigte sich etwas. Rohloff nahm den Zettel vom Stall an sich, um ihn kriminaltechnisch untersuchen zu lassen, wobei er nur wenig Hoffnung hatte, dass Fingerabdrücke darauf zu finden sein würden. Sie gingen dann in die Küche, um die Suche nach Siley zu organisieren. Rohloff alarmierte die Streifenpolizei, damit diese die Augen aufhielten. Er selbst wollte Wilmer noch einmal verhören. Bisher hatte dieser seinen Komplizen nicht preisgeben wollen, Rohloff musste mehr Druck machen, denn nur der Komplize konnte Siley entführt haben. Alle liefen auf Hochtouren und Silke entschied, mit dem Wagen die Straßen abzusuchen, da sie nicht tatenlos herumsitzen konnte. Rainer mahnte sie zur Vorsicht, bot dann an, dass er sich um den Stall und die Tiere kümmern würde. Silke war ihm dankbar und griff seine Hand, sie war froh, dass er jetzt an ihrer Seite war. Rohloff fuhr zurück ins Präsidium und Silke stieg in ihr Auto. Rainer sah beiden nach und ging zu den Schafen. „Mädels, ich hoffe, Siley kommt unversehrt wieder nach Hause…"

Ich war nun bereits fast zwei Tage und Nächte in diesem dunklen Verschlag. Außer Wasser bekam ich nichts und ich kratzte wie ein Verrückter an der Holztür hinter dem Wandbehang. Im unteren Bereich klaffte bereits ein recht großes Loch und ich konnte dahinter einen Wald erkennen, nur passte ich leider nicht hindurch. Meine Pfoten schmerzten, dennoch kratzte ich weiter und biss immer wieder in das Holz. Auf einmal hatte ich ein sehr großes Stück Holz in der Schnauze, als ich wieder Schritte hörte. Schnell ließ ich den Wandbehang über das Loch fallen und legte mich auf den dreckigen Sack, mir wurde wieder eine Schüssel mit Wasser gebracht. Meine Nerven waren angespannt, ich konnte nicht erwarten, bis die Schritte sich entfernt hatten. Ich linste aus dem Loch in der Hintertür, konnte niemanden sehen. Vorsichtig schob ich meinen Kopf durch das Loch, es war sehr eng, aber ich wollte hier nur noch herauskommen. Mit Müh und Not zwängte ich mich unter dem abgebrochenen Holz durch, es tat höllisch weh im Rücken, doch nun gab es kein Zurück mehr. Als ich endlich draußen war, sah ich mich um, ich stand mitten in einem Wald. Hinter dem Haus fuhr ein Auto weg und ich lief um die Hütte, um zu sehen, wohin es fuhr. Mit großem Abstand folgte ich dem Kleinwagen, der holpernd über den Waldweg fuhr. Mir tat der Rücken sehr weh, doch ich riss mich zusammen und rannte, so gut ich konnte hinter dem Wagen her, wobei ich mich hinter den Bäumen bewegte, damit mich der Fahrer nicht im Rückspiegel sehen konnte. Zweit Tage hatte ich nichts gefressen und meine Kraft ließ nach einiger Zeit nach, ich musste mich kurz ausruhen, es fühlte sich an, als ob ich gleich zusammenbrechen würde. Der Wagen verschwand hinter einer Kurve und ich lief langsam weiter, ich war am Ende. An einer Eiche blieb ich stehen und legte mich kurz hin, um zu verpusten. Ich zitterte und hatte Angst, es nicht weiter zu schaffen, doch noch mehr wollte ich vermeiden, dass der Wagen zurückkommt und mich findet, und so mobilisierte ich meine letzten Kräfte und lief weiter. In der Ferne konnte ich Fahrzeuge hören, die Straße konnte demnach nicht mehr weit sein. Meine Beine gaben immer wieder nach und ich stolperte und fiel, berappelte mich jedoch jedes Mal und lief weiter, bis ich die Straße erreicht hatte. Ich wusste nun, wo ich war, hier war ich mit Silke schon einmal gewesen und wandte mich nach links, um nach Hause zu laufen.

Silke fuhr langsam die Straßen auf und ab. Immer wieder rief sie „SILEY! Wo bist du?" Vergeblich, kein Siley war zu sehen und sie verzweifelte fast vor Sorge um mich. Rainer rief sie spät am Abend an und sprach mit Engelszungen auf sie ein, dass sie zum Hof zurückkehren solle, sie würde in der Dunkelheit nichts mehr sehen und bräuchte etwas Ruhe. Irgendwann gab sie unter Protest nach und kehrte nach Hause zurück. Rainer hatte Brote geschmiert und überredete Silke etwas zu essen „Du musst etwas essen, damit du bei Kräften bleibst. Es hilft Siley nicht, wenn du umfällst. Trink auch den Tee bitte." Er war sehr in Sorge um Silke. Rohloff rief an und Rainer setzte ihn ins Bild. Der Kriminalist befürchtete, dass, wenn Wilmer nicht endlich gestand, Siley in Lebensgefahr war, denn er konnte Andreas Wilmer nicht laufen lassen, da aufgrund der Indizien eindeutig bewiesen war, dass er bei dem Angriff auf Rainer und Silke in der Ruine beteiligt gewesen war. Die beiden Männer machten aus, dass sie sich über jeden noch so kleinen Hinweis auf dem Laufenden halten wollten.

Silke schlief kaum, sie lag in Rainers Arm und fand keine Ruhe. Ein Wechselbad der Gefühle beherrschte die Nacht. Beim Morgengrauen zog Silke sich an und fuhr wieder los, um mich zu suchen. Mittags klingelte ihr Smartphone, Rainer war dran, „Du musst sofort nach Hause kommen. Es wurde wieder mit einem Bogen auf mich geschossen." Silke wendete umgehend den Wagen und trat den Heimweg an. „Bist du verletzt?" Rainer verneinte, der Pfeil sei neben ihm in die Tennentür gegangen. Als Silke ankam, war Rohloff schon vor Ort und sicherte den Pfeil. Er hatte dafür gesorgt, dass eine Streife vor unserem Hof postiert wurde. Rainer berichtete, dass ein Kleinwagen in rasantem Tempo weggefahren wäre, er hätte nur sehen können, dass dieser dunkelgrün war, mehr hatte er nicht erkennen können. Marc Rohloff gab diese Informationen an die Dienststelle weiter, damit die Streifenwagen nach solch einem Wagen Ausschau halten sollten. Er sah Silke an „Du machst dich kaputt. Ich verstehe ja, dass du in Sorge um Siley bist, er ist dein Hundekind, aber dennoch solltest du dir Pausen gönnen." Rainer stand neben ihm und stimmte ihm zu „Siley weiß, dass du alles dafür tust, dass er freikommt. Und Herr Rohloff hat recht." Marc sah ihn an und lächelte „Danke. Lassen wir doch das Sie, einfach Marc bitte." Rainer streckte ihm die Hand hin und die Männer näherten sich an. „Wir müssen zusammenarbeiten."

Silke trank einen Tee und kümmerte sich um die anderen Tiere. Rohloff wollte am nächsten Tag wiederkommen und Rainer putzte das Haus. Die Ungewissheit war unerträglich, für Silke und auch Rainer. Am Nachmittag fuhr Silke noch einmal los und kam an dem Waldstück in Aperberg vorbei. Sie sah einen dunkelgrünen Kleinwagen aus dem Waldweg auf die Straße biegen und notierte sich das Kennzeichen. Sie drehte um und folgte dem Wagen, der bis nach Augustfehn fuhr und dann beim Friseur abbog und parkte. Eine junge Frau stieg aus, Silke kannte sie und winkte ihr zu. „Ich werde noch verrückt" dachte sie sich und fuhr dann weiter nach Hause nach Vreschen-Bokel. Rainer empfing sie mit einem Kuss. „Wieder nichts?" Silke schüttelte den Kopf und wischte sich die Tränen aus dem Gesicht. „Ich habe solche Angst um mein Engelchen" sie sah verweint aus und die Verzweiflung zerrte an ihr. „Komm, wärm dich auf."

Silke folgte ihm ins Haus und erzählte von dem dunkelgrünen Kleinwagen. „Die Frau kenne ich. Ich denke aber nicht, dass sie auf mich geschossen hat." Silke ließ den Kopf hängen „Ich sehe anscheinend schon Gespenster. Das ist gerade wie ein furchtbarer Albtraum und ich möchte doch nur wach werden und Siley im Arm halten." Rainer zog sie zu sich und hielt sie ganz fest, sie lehnte ihren Kopf an seine Brust.

Eine weitere schlaflose Nacht verging und Rainer entschied, dass er gemeinsam mit Silke am nächsten Morgen losfahren wollte. Während Silke sich kurz duschte, kochte Rainer Kaffee und gab Silke einen Becher als sie die Küche betrat. „Ohne Kaffee im Magen fährt hier keiner vom Hof." Silke trank ihren im Stehen und dann drängte sie zur Abfahrt. Rainer hatte die Schafe bereits aus dem Stall gelassen und auch die Hühner scharrten schon fleißig in ihrem Auslauf. Hanne wollte sich um die Ställe kümmern, Rainer hatte sie tags zuvor darum gebeten und ihr erzählt, was los war. Sie war erschrocken und bot an, ebenfalls zu suchen, doch Rainer war der Meinung gewesen, dass sie besser den Hof im Auge behalten solle, was sie auch tun wollte.

Rainer fuhr und Silke schaute aus dem Fenster, sie rief zwischendurch immer mal wieder „SILEY!" Sie fuhren langsam durch die Straßen, umrundeten Augustfehn. Dann steuerte Rainer Apen an und auch hier fuhren sie sämtliche Nebenstraßen ab. Silkes Blick wanderte umher. Plötzlich schrie sie „HALT AN!" Rainer erschrak und machte eine Vollbremsung. Die Beifahrertür wurde aufgerissen und er sah, wie Silke auf den Seitenstreifen rannte und auf die Knie fiel „Siley! Mein Engel!" Sie weinte vor Glück und hörte nicht auf, mich zu küssen. Rainer war zu uns gekommen und hockte sich zu uns, er streichelte mich und drückte Silke die Schulter. Ich war überglücklich, Silke zu sehen. Als ich ihren Wagen sah, rannte ich aus meiner Deckung zur Straße und mein Herz zersprang fast vor Liebe, als meine Silke auf mich zulief. Sie tastete mich ab und ich zuckte, als sie über meinen Rücken strich. „Ruf den Tierarzt an, er soll zum Hof kommen." Rainer tat wie geheißen und dann hob er mich auf die Rückbank des Wagens. Ich konnte keinen Schritt mehr laufen. Silke setzte sich zu mir nach hinten und legte meinen Kopf auf ihren Schoß. Ihre Tränen fielen auf mein Fell und ich leckte ihr die Hand, um sie zu trösten. Erst jetzt bemerkte ich, wie erschöpft und entkräftet ich war.

Der Tierarzt war bereits da, als wir vorfuhren. Gemeinsam holte man mich aus dem Auto und trug mich ins Haus, wo man mich auf mein Bett legte. Ich atmete schwer und ließ mich untersuchen. Rainer klärte den Tierarzt auf, was passiert war. „Der kleine Mann hat einiges durchgemacht" sagte er, „Seine Pfoten sind wund und die Krallen abgesplittert, er muss sich aus seiner Gefangenschaft freigekratzt haben." Ich gab ein schwaches Bellen von mir, das Zustimmung ausdrücken sollte. „Tapferer kleiner Kerl" säuselte der Tierarzt und wandte sich wieder an Silke „Er braucht Ruhe und vor allem muss er etwas fressen. Ich gebe ihm ein leichtes Schmerzmittel und etwas zur Beruhigung, damit er sich ordentlich ausschlafen kann. Und du Silke, tätest auch gut daran, dich auszuschlafen, man sieht dir die Sorge um Siley doch stark an." Rainer brachte den Arzt zur Tür „Wird Siley sich wieder ganz erholen?" „Ja, da machen Sie sich mal keine Sorge, er ist ein zäher kleiner Bursche und Silke wird ihn wieder aufpäppeln. Es könnte sein, dass er anfangs etwas schreckhaft sein könnte, aber das muss nicht sein. Geben Sie ihm Zeit, wieder zu Kräften zu kommen, er sieht so aus, als habe er einen ziemlichen Ritt mitgemacht." Rainer dankte ihm und brachte dann Silke und mich ins Schlafzimmer.

Ich lag so dicht ich konnte bei Silke, so sehr hatte ich sie vermisst, als ich in dem dunklen Kabuff eingesperrt war, dass ich nun ihre Nähe brauchte. Silke und ich schliefen fast den ganzen Tag, ihre Sorge um mich hatte sie sehr geschlaucht und ich genoss es, in ihren Armen zu liegen. Immer, wenn ich meine Augen öffnete, sah ich in ihr Gesicht, das vor Liebe strahlte und ich hatte Schmetterlinge im Bauch, wenn sie mich zärtlich streichelte. Meine Pfoten brannten immer noch von meiner zweitägigen Kratzerei, um mich zu befreien, und auch mein Rücken schmerzte mich, doch Silke massierte mir meinen Rücken mit sanften Griffen, ich erholte mich langsam.

In der Küche hörten wir Rainer am Herd werkeln und zwischendurch sprach Hanne mit ihm, auch Helge war da und ich bekam mit, dass die beiden sich um unseren Hof kümmerten, damit Silke bei mir bleiben konnte. Alle waren sehr betroffen über die Geschehnisse der Vortage. Silke küsste mir die Stirn und flüsterte „Mein Schatz, ich bin unendlich glücklich, dass du die wieder bei mir bist." Ich drückte mein Gesicht an ihres und sog ihren feinen Duft ein. „Was meinst du? Wollen wir uns mal in der Küche blicken lassen?" Ich wäre am liebsten für immer mit Silke hier liegengeblieben, doch hatte ich nun auch mächtig Hunger und so stand ich vorsichtig auf. Silke half mir vom Bett und zog sich einen Hoodie und eine Sporthose an. Humpelnd folgte ich ihr über den Flur in die Küche, wo Rainer mit einer Schürze am Herd stand. Es roch köstlich nach Hühnersuppe.

„Hey, meine müden Krieger sind wieder auferstanden. Wie geht es euch?" Silke sah zu mir runter, ich stand neben ihr und hatte nicht vor, ihr auch nur einen Schritt von der Seite zu weichen. „Siley wird sicher noch einige Zeit brauchen, bis er ganz oben auf ist. Mir geht es aber schon besser, jetzt, wo mein Liebling wieder bei mir ist." Rainer küsste Silke und forderte sie auf, sich an den Küchentisch zu setzen. Ich kletterte neben Silke auf das Küchensofa und legte meinen Kopf auf ihr Bein. Vor uns wurde ein Topf mit heißer Hühnersuppe auf den Tisch gestellt und Silke tat sich auf den Teller auf. „Lecker!" freute sie sich, „Danke, dass du dich um alles gekümmert hast." Rainer nahm ihre Hand „Das ist doch selbstverständlich." Eine Träne kullerte Silke die Wange herunter, „Nein, ist es nicht." In diesem Moment öffnete sich die Tennentür und Helge kam gefolgt von Hanne in die Küche. „Setzt euch" sagte Rainer. Silke sah die beiden dankbar an „Ihr seid wunderbar! Ganz lieben Dank für eure Hilfe." Die beiden winkten ab „Du hättest das Gleiche für uns getan." Sie unterhielten sich beim Essen und die Stimmung wurde zusehends besser. Für mich gab es ebenfalls eine Kelle voll mit Suppe, die ich vorsichtig aufleckte. Silke streichelte mich dabei und ermunterte mich. Trotz Hunger war mir noch nicht nach Fressen, aber sie schmeckte vorzüglich und ich spürte, wie sie meine Glieder wärmte und legte mich dann in mein Kuschelbett vor dem Ofen, von wo aus ich Silke sehen konnte. Der Abend war so gemütlich und ich war wieder zu Hause.

Als Helge und Hanne später am Abend, nachdem sie noch Tee und auf den Schrecken einen Cognac getrunken hatten, begleitete Silke sie zum Tor und umarmte sie. Die Streife vor dem Einfahrtstor gab ihr Ruhe und sie lud die Beamten auf einen Teller Suppe ein, den sie gern annahmen. Bis auf die Schmerzen war alles wie immer.

Die Dusche lief und ich lag auf dem Badvorleger, während Silke sich frisch machte. Rainer räumte die Küche auf und als wir aus dem Bad kamen, hatte er bereits das Sofa ausgeklappt. Viele Decken lagen darauf und er hatte eine Flasche Whisky mit zwei Gläsern hingestellt. „Sie hatten einen schottischen Single Malt bestellt?" spaßte er. Silke sah ihn dankbar an und machte es sich auf dem Sofa gemütlich. Rainer schenkte ein und ich kletterte dann auf das Sofa, um mich dicht an Silke zu schmiegen. Ich mochte nicht mehr ohne sie sein und begleitete sie auf Schritt und Tritt. Silke legte den Arm um mich und kraulte mir die Ohren. Sie und Rainer tranken einen Schluck und er legte den Arm um Silke. So in Reihe gekuschelt ließen wir den Abend ausklingen. Das Feuer im Ofen brannte herunter und wir schliefen ein.

10

Mit Schreck erwachte ich am nächsten Morgen. Rainer und Silke waren bereits aufgestanden und auch Christian saß bereits am Küchentisch, vor ihm stand ein Becher Kaffee und Silke backte Brötchen im Backofen auf. Es ging mir sehr viel besser und ich verspürte Hunger. Silke stellte mir einen Napf mit Lach und Nudeln vor die Nase, den ich in alter Manier leer futterte. Christian wurde in Kenntnis gesetzt, was in den letzten Tagen vorgefallen war. Er riss die Augen auf „Ihr veräppelt mich!" Rainer und Silke schüttelten den Kopf und schauten zu mir. Ich hatte mich neben den Tisch gelegt und Christian sah auf mich runter. „Oh man... er hat ganz wunde Pfoten und am Rücken, da hat er das Fell lädiert." Silke brachte die fertigen Brötchen zum Tisch, „Er muss einiges mitgemacht haben" sagte sie mit trauriger Stimme, „Wenn ich denjenigen erwische, der ihm das angetan hat..." Christian vollendete den Satz „...dann verklagen wir den in großem Stil!"

Von allen Seiten wurde mir etwas heruntergereicht, das ich mir gut schmecken ließ. Dann waren die Menschen mit dem Frühstück fertig und Christian fuhr wieder ab. „Passt bitte gut auf euch und auch auf Siley auf" sagte er beim Abfahren. Ich ging in den

Stall und freute mich über die Begrüßung der Schafe. Es war schön, dass alles wieder beim Alten war. Silke war mir gefolgt. „Na, fühlst du dich wohl?" Ich schnupperte am Heu und wälzte mich dann, das war eine Wohltat. Die Stallarbeit war rasch erledigt und den Rest des Tages besuchten und Helge, Hanne, Jens und später kam Hanne nochmal mit Hansi vorbei. Sie hatten Barney dabei und ich tobte ausgelassen mit ihm über den Hof, bis meine Pfoten dann doch wieder zu sehr schmerzten. Silke gab uns beiden danach jeweils einen Kauknochen, den wir auf meiner großen Liegematte in der Tenne verzehrten.

Der Tag neigte sich dem Ende und Rainer besorgte Essen vom Asiaten, auch für die Beamten, die nun vor unserem Hof in ihrem Streifenwagen saßen, „Kommen Sie herein, es ist doch frisch geworden" lud er sie ein. Es waren ein Mann und eine Frau, die den Abend nun im Haus verbrachten, bevor ihre Ablösung kam. Silke war dieser Personenschutz unangenehm, doch Rohloff hatte darauf bestanden und sie hatte sich gefügt. Rainer blieb auch diesen Abend bei uns und wir lagen wieder gemeinsam auf dem Sofa. „Ich bin wirklich froh, dass es Siley gutgeht" sagte er und Silke nickte, „Ja, nicht auszudenken, wenn..." sie sprach den Satz nicht zu Ende. Ich leckte ihr die

Hand und ließ mich zudecken. Die Erinnerung an die Entführung mit anschließender Gefangenschaft verblasste allmählich. Zum ersten Mal, seitdem ich wieder da war, gab ich meine grunzenden Geräusche von mir, die ich dann mache, wenn es mir so richtig gut geht. „Ich glaube, er hat das doch ganz gut verkraftet" flüsterte Silke und lehnte ihren Kopf an Rainers Brust. „Ich bin auch froh, dass zwischen uns alles wieder in Ordnung ist." Rainer küsste sie aufs Haar.

Mitten in der Nacht wurde ich plötzlich wach. Das Holz im Ofen glühte nur noch wenig und Silke lag dicht neben Rainer und sie schliefen. Ich sah mich um, konnte jedoch nichts entdecken, aber etwas hatte mich geweckt. Mein Instinkt sagte mir, dass etwas nicht in Ordnung war. Vorsichtig krabbelte ich unter der Decke weg und ließ mich lautlos vom Sofa gleiten. Ein Lichtkegel streifte durch unsere Wohnküche. Ich näherte mich geduckt dem Fenster. Nun war das Licht wieder weg. An der Wand entlang schlich ich zum nächsten Fenster, von wo aus ich sehen konnte, dass die Polizeistreife noch vor unserem Tor stand. Das Licht am Fahrzeug war aus, das konnte es also nicht gewesen sein. Wir wohnen in einer Sackgassenlage am Ende der Straße, daher konnte es auch kein zufällig vorbeikommender Wagen sein, dessen

Scheinwerfer in das Fenster geleuchtet hätten. Ich konzentrierte mich auf fremde Geräusche und meinte Schritte zu hören. Der Lichtkegel kreiste erneut durch die Wohnküche und dann sah ich schemenhaft eine Gestalt mit einer Kapuze. Ich bellte sofort lautstark und weckte damit Rainer und Silke, die vom Sofa hochsprangen. Dann knurrte ich böse. „Was ist mit dir?" fragte Silke. Ich bellte wieder und blickte starr zu dem Fenster, von wo aus ein ungebetener Gast ins Haus geschaut hatte. Silke wollte Licht machen, doch Rainer hielt sie davon ab „Kein Licht, dann sieht man uns." Er hielt sich vom Fenster fern und Silke hockte sich hinter das Sofa. Sie wählte die Nummer von Rohloff, der sofort die Streifenbeamten vor unserem Haus über Funk verständigte.

Die dunkle Gestalt war verschwunden, ich hatte sie vermutlich mit meinem Gebell vertrieben. Silke hatte sich zur Tenne geschlichen und das Hoflicht angeschaltet. Den beiden Beamten hatte sie das Tor geöffnet, sie hatten nichts bemerkt. „Mal ehrlich... Das war auch nicht so schlau, darauf zu bestehen, dass die Polizei VOR dem Tor wachen soll" polterte Rainer los. „Bitte, fang nicht wieder an..." bat Silke. Rainer winkte ab „Verzeih mir, ich bin nur gerade etwas aufgeregt. Wir hätten ja auch selbst die Beamten AUF den Hof lassen können." In diesem Moment fuhr

Rohloff in seinem Kombi vor, er riss die Fahrertür auf und kam eilig auf uns zu. „Habt Ihr sehen können, wer das was?" Rainer schüttelte den Kopf „Siley hat den Besucher als erster bemerkt und ihn mit seinem Bellen vertrieben, denke ich. Man hat in die Wohnküche geleuchtet, von der hinteren Seite aus. Bei Tagesanbruch sollten da einige deiner Leute nach Fußspuren suchen." Rohloff hatte eine Taschenlampe dabei und lief ums Haus, kehrte jedoch schnell zurück. „Ich gebe zu, ich hatte nicht bedacht, dass sich jemand von der rückwärtigen Seite Zutritt verschaffen würde, zumal das Gelände doch sehr uneben ist." Rainer lachte, worauf Silke und Marc Rohloff ihn verwirrt ansahen. „Alles gut" meinte Rainer, „Ich hatte nur vorhin gesagt, dass Beamte AUF dem Hof mehr Sinn machten." Rohloff wirkte schuldbewusst und entschuldigte sich. „Es ist ja nichts passiert!" winkte Silke ab, „Siley scheint wieder ganz der Alte zu sein und hat uns vor Schlimmerem bewahrt."

Während wir ins Haus gingen, fuhr der Streifenwagen auf den Hof und postierte sich nun so, dass man vom Wagen aus die Koppel und auch den Hof überschauen konnte. Silke winkte die Streifenpolizisten ins Haus, damit sich alle bei einer Tasse Tee auswärmen und beruhigen konnten. Rainer hatte den

Ofen wieder angefeuert und nach einer Weile wurde am großen Küchentisch gelacht und herumgealbert, die ausgelassene Stimmung gefiel mir gut. Rohloff und Rainer unterhielten sich angeregt und die Spannungen zwischen den beiden Männern schienen verflogen zu sein. Silke hatte sich zu mir in das Kuschelbett gesetzt und sah dem Treiben am Tisch zu, ich merkte, dass sie wieder gut zufrieden war. Die Nacht war nach dem Besuch des Störenfriedes für uns vorbei, doch ich nahm mir das Recht des Alters und döste noch eine Weile, während Silke sich im Morgengrauen an die Stallarbeit machte.

Rohloff war geblieben und begann bereits die Spuren auf der Hausrückseite zu sichern, als die Spurensicherung eintraf. Außer den Fußspuren war jedoch nicht finden gewesen. Ich schnüffelte im Nachgang den Bereich nochmal ab und bemerkte einen feinen Duft, den ich schon in der Hütte gerochen hatte. Es war der Geruch der Person, die mir das Wasser in den Verschlag gestellt hatte. Diesen hatte ich auch schon in der Brandruine auf dem Gelände der alten Hosenfabrik wahrgenommen. Leider konnte ich ihn nicht zuordnen. Rainer sprach noch mit Rohloff und kam dann zu uns ins Haus. „Marc bleibt noch und sucht weitere Spuren. Wir müssen aber nicht hierbleiben, daher habe ich eine fabelhafte Idee..." Silke sah ihn fragend an. „Wir machen einen Ausflug" fuhr er fort. Ich wedelte erfreut mit dem Schwanz und tänzelte in Richtung Garderobe, wo meine Geschirre hingen. Silke lachte und ergab sich, sie zog mir das bequeme Laufgeschirr an. „Geht es am Rücken?" fragte sie mich, ich schüttelte mich und trabte zur Tennentür. „Na dann... Wo wollen wir denn hin?" Rainer legte den Finger vor die Lippen „Das ist eine Überraschung."

Wir fuhren in Rainers Wagen Richtung Aperberg. Ich wurde nervös und begann aufgeregte zu hecheln. Silke streichelte mich. Der Wagen hielt am Rand des kleinen Waldes, wo Silke mich nach meiner Befreiung gefunden hatte. Sie sah Rainer verunsichert an „Was wird das?" Er drehte sich zu ihr „Wenn Siley den Weg zurückfindet, den er letztens gelaufen ist, finden wir vielleicht heraus, wer ihn entführt hat. Das willst du doch auch wissen, oder?" Silke blickte mich an und nickte „Natürlich will ich wissen, wer ihm das angetan hat!" Sie stieg aus und ließ mich aus dem Auto. Ich blieb wie angewurzelt stehen und Silke leinte mich an, sie zog mich vorsichtig vorwärts „Komm, mein Spatz, dir passiert nichts, versprochen! Ich bin bei dir. Hilf uns, deinen Entführer zu finden." Langsam setzte ich mich in

Bewegung und wir drangen tiefer in den kleinen Wald ein. Bei jedem Geräusch zuckte ich zusammen und drückte mich an Silkes Bein, mir war meine Angst deutlich anzusehen. Silke sprach mit Mut zu und ich tat ihr den Gefallen, die Spur aufzunehmen. Mit jedem Schritt erinnerte ich mich besser und wir kamen gut voran. Rainer hielt sich hinter uns, um uns den Rücken zu sichern. Wir waren alle drei angespannt, doch ich schnüffelte und folgte meiner Nase. Je deutlicher die Spur wurde, desto näher kamen wir unserem Ziel und ich zögerte. „Such, mein Junge" ermunterte mich Silke und ich nahm meinen ganzen Mut zusammen. Vor uns wurde die Hütte sichtbar, in der ich 2 Tage eingesperrt war. Ich knurrte wütend, doch Silke bedeutete mir, leise zu sein. Wir schlichen uns an die abgewrackte Hütte. Rainer blickte in die vorderen Fenster, es war niemand zu sehen, und umrundete dann den Holzbau. „Silke, kommt nach hinten!" rief er. Sie zog leicht an der Leine und ich schritt neben ihr nach hinten. „Hier muss Siley rausgekommen sein." Silke bückte sich und blickte durch das Loch in der Wand. Sie wurde wütend „Das darf nicht wahr sein!" zischte sie. Rainer hielt sie zurück, als sie vor die Bretter treten wollte „Nicht! Lass und Marc anrufen, er soll sich das ansehen." Silke nahm sich zusammen und gab Rainer ihr Handy.

Marc war bereits auf dem Rückweg zum Revier, drehte dann um und wurde von Rainer über das Handy zur Hütte gelotst, bei der wir warteten. Ich wäre am liebsten sofort wieder gegangen, die Erinnerungen an die Schmerzen, den Hunger und die Kälte in der Nacht waren schlimm, ich atmete schnell und zitterte. Silke ließ sich von Rainer den Wagenschlüssel geben und brachte mich zurück zum Wagen, ich zog an der Leine, um schnell da wegzukommen.

Im Wagen ging es mir besser, Silke saß mit mir auf dem Rücksitz und hielt mich fest im Arm. Als Rainer endlich kam, stieg sie aus und ich beobachtete die beiden aus dem Fenster. Rainer nahm Silke in den Arm, sie weinte ein wenig, es hatte sie mitgenommen, dass ich allein in dieser Hütte gewesen war. Ich sah von vorne einen Wagen kommen, der den Blinker gesetzt hatte, um in den Waldweg abzubiegen. Als er uns sah, fuhr er jedoch geradeaus weiter. Silke sah nur kurz hin und öffnete wieder die Autotür. Rainer sah dem Wagen nach und ich sah, dass er überlegte. Rainer kam an unser Fenster und Silke ließ die Scheibe runter. „Ich bin nicht sicher, aber ich glaube, das war der Wagen, der wegfuhr, als auf mich mit dem Bogen geschossen wurde." Silke drehte sich um, doch der Wagen war schon zu weit weg. „Willst du hinterher?" Rainer verneinte „Ich bin ja nicht sicher, daher macht das wenig Sinn. Es gibt zudem auch mehr als einen dunkelgrünen Kleinwagen in der Gegend." Rainer stieg hinters Steuer, „Lass uns nach Hause fahren." Silke klatschte in die Hände „Du hast nach Hause gesagt" lachte sie. Ich bellte ungeduldig, da ich nur hier wegwollte.

Zu Hause angekommen zitterte ich wie Espenlaub, Silke brachte mich in mein Kuschelbett und feuerte den Ofen an. „Das war wohl zu viel heute. Aber du bist nun sicher hier, ich werde dich nicht mehr aus den Augen lassen." Sie deckte mich mit meiner Schmusedecke zu und wärmte ein Körnerkissen für mich, das sie in ein Handtuch wickelte und mir am Rücken platzierte. Das Zittern hörte auf, Silke hatte sich neben mich gehockt und streichelte mich. Rainer bereitete Tee zu und kam mit zwei Bechern zu uns. „Es tut mir leid" knirschte er, „Ich hatte nicht darüber nachgedacht, das Siley traumatisiert ist." Er hatte ein kleines Leckerchen für mich, dass ich gerne annahm.

Die Wärme des Ofens und des Körnerkissens machten mich schläfrig. Rainer und Silke unterhielten sich leise und tranken Tee. „Hast du das Kennzeichen noch erkennen können?" fragte Silke. „Nein, ich habe leider nicht so schnell geschaltet und dann war der Wagen auch schon zu weit weg und das

Kennzeichen zu verdreckt." Es klingelte, die beiden sahen sich an, Rainer erhob sich vom Kuhfell und öffnete die Tür. Ich war zu müde, um aufzustehen und blickte nur über den Rand meines Kuschelbettes in Richtung Tür, um zu sehen, wer da kam. Marc Rohloff betrat die Küche gefolgt von Rainer, und dann betrat auch Christian den Raum. Ich mühte mich aus dem Bett, da so viel Besuch meine Geister weckte, wenn auch meine Knochen schmerzten. Silke war ebenso überrascht wie ich und begrüßte die Gäste „Was wird das? Ein Arbeitstreffen?" Rohloff lachte und Christian umarmte Silke. „Macht es euch bequem, es ist noch Tee da." Rainer stellte ein paar Becher dazu und Silke holte noch Plätzchen aus dem Schrank. Ich wuselte um ihre Beine und blickte sie mit großen braunen Kulleraugen an, um einen Keks anzubekommen. „Du bekommst etwas besseres" zwinkerte sie mir zu und gab mir einen Kauknochen. Ich wetzte damit zu meiner Decke am Küchentisch, damit ich den Menschen lauschen konnte, denn ich brannte vor Neugier, was Rohloff herausgefunden hatte.

11

Rohloff schaute in die Runde, „Ich war nicht untätig. Nachdem wir die Untersuchungen bei der Hütte abgeschlossen hatten, habe ich beim Grundbuchamt nachgefragt, wer der Eigentümer der kleinen Hütte im Wald ist." Silke strich mir über den Kopf und ich merkte auf. „Sie gehört einem Jäger, Rudolf Janßen, er hat die Jagd in dem Wald gepachtet. Kennt Ihr den vielleicht?" Silke und Rainer sahen sich an und verneinten beide. Christian strich sich über das Kinn, „Ich bin Jäger und könnte mich in der Jägerschaft am Ort umhören." Silke sah ihn erstaunt an, „Du bist Jäger?" „Ja, das heißt, ich habe einen Jagdschein, übe das jedoch seit vielen Jahren schon nicht mehr aus. Ich hatte seinerzeit den Schein auch nur gemacht, um Mandanten zu gewinnen." Rainer lachte, „Du warst jung und brauchtest das Geld." Die anderen drei stimmten in Rainers Lachen ein.

Es begann zu dämmern und Silke entschuldigte sich bei den anderen, da sie die Schafe in den Stall bringen und füttern wollte. Die Männer blieben am Tisch und überlegten gemeinsam, wie sie weitervorgehen wollten. Ich begleitete Silke, „Du willst mich beschützen, oder?" Ich sah sie an, doch es wäre gelogen gewesen, dass ich sie momentan beschützen konnte, ich hatte noch immer zu große Sorge, dass ich meine Silke wieder verlieren könnte. Sie hatte mich durchschaut und zwinkerte mir zu. Rainer kam hinter uns her, „Ich habe gerade Pizza bestellt, die hole ich eben ab. Christian und Marc bleiben zum Abendessen. Er gab Silke einen flüchtigen Kuss und fuhr vom Hof. Ich blieb nah bei Silke und sie stolperte zweimal fast über mich. „Engelchen, leg dich an die Tür, dann kannst du mich sehen und ich breche mir nicht die Beine.“

Rainer war in dem Moment wieder da, als wir ins Haus gehen wollten. Ich sprang an ihm hoch, da der köstliche Duft von Pizza in meiner Nase Hunger auslöste. Der Anwalt saß mit dem Kripobeamten am Tisch und sie fachsimpelten über das Justizsystem. „Leute, Ihr habt Feierabend!“ Silke hatte die Hände in die Hüften gestemmt und klopfte mit dem Fuß auf. Rohloff sah schuldbewusst drein, Christian legte ihm die Hand auf die Schulter, „Lass dich von Silke nicht aufziehen, sie tut nur so forsch.“ Rainer hatte die Pizzen auf den Tisch gestellt und war dabei, sie anzuschneiden, „Glaube ihm nicht, sie ist alles, nur nicht nett.“ Ich bellte und rannte durch die Küche. „Männer!“ Silke verdrehte die Augen und ließ dann den Kopf hängen, „Ich bin sensibel...“ und tat dann, als ob sie weine. Ich erschrak und wollte Silke trösten. „Siley, Schatz, wir machen nur Spaß, alles ist gut." Menschen verwirren mich manchmal und so beließ ich es dabei und widmete mich dem Küchentisch und der lecker riechenden Pizza darauf.

Beim Essen kamen die Menschen wieder auf den Fall zurück. Sie stellten fest, dass sie bisher nicht viel herausgefunden hatten. Warum hatte man den Lehrer getötet, jemanden, der bei allen beliebt war? Vor allem auf diese Art und Weise, die mehr nach einer Hinrichtung aussah. Wo war der Zusammenhang zwischen Wilmer und Baumann? Dazu die Entführung von Siley. Man war sich einig, dass wir anscheinend im Zuge unserer bisher wenig erfolgreichen Ermittlung jemanden bereits zu nah getreten waren. Ich hörte nur mit halbem Ohr hin und wartete sehnsüchtig darauf, dass ich endlich mein Stück Pizza bekomme. Silke bemerkte meinen Blick und gab mir ein Stück mit Salami. Glücklich schleppte ich das Stück auf meinen Strubbelteppich und kaute genüsslich darauf herum.

Nach dem Essen kochte Silke Kaffee und es wurden nun Aufgaben für den nächsten Tag verteilt. Christian wollte sich mit der Jägerschaft in Verbindung setzen, um Rudolf Janßen ausfindig zu machen. Rohloff hatte einen Termin mit der Witwe, da er mehr Angaben zum Toten benötigte. Silke wollte ihn mit mir begleiten. Rainer hatte einen wichtigen Termin, den er nicht absagen konnte. Ihm fiel dann wieder der dunkelgrüne Kleinwagen ein. „Ich meinte, das wäre das gleiche Modell gewesen, wie der, der nach dem Bogenschuss auf mich, vom Hof weggefahren war." Rohloff hörte aufmerksam zu. „Das Kennzeichen konntet Ihr nicht erkennen?" „Leider nein." „Ich werde morgen auf der Wache eine Fahrzeugsuche durchführen. Viel Hoffnung habe ich zwar nicht, aber manchmal hat man ja auch Glück." Der Abend klang aus und in positiver Stimmung verabschiedeten sich Christian und Rohloff von uns. Rainer und Silke gingen eng umschlungen ins Haus. Ich hatte noch schnell den nächsten Busch aufgesucht und rannte ihnen hinterher. Sie räumten gemeinsam auf und dann durfte ich zu ihnen ins Bett springen. Silke hatte mich in den Arm genommen und Rainer hatte sich an uns gekuschelt. Es war gemütlich und ich schlief zufrieden ein. Es war gemütlich und ich schlief zufrieden ein. Silke streichelte mich und ihre Liebe zu mir kroch mir durch den ganzen Körper.

Erfrischt wachte ich am nächsten Tag auf, Silke schlief noch, und robbte vorsichtig dichter an ihr Gesicht, um sie zu beobachten. Ich mag es, wenn sie so friedlich und zerzaust auf dem Kopfkissen liegt. Die Tür öffnete sich leise und Rainer kam mit zwei Bechern Kaffee ins Schlafzimmer. Er deutete mit an, leise zu sein und stellte die Becher auf die Nachtkommode, dann küsste er Silke auf die Stirn. Sie öffnete die Augen und lächelte „Guten Morgen, meine beiden Lieblingsmänner." Rainer grinste und reichte Silke einen Becher Kaffee, mir gab er einen Keks, den ich mir schnappte und auf dem Teppich zerkaute. Silke hatte sich an Rainers Schulter gelehnt und die beiden tranken einträchtig schweigend ihren Kaffee.

Der Tag begann entspannt, ich trottete mit Silke in den Stall, wo die Auen bereits auf uns warteten und leise blökten. Silke nahm den täglichen Checkup vor und vergewisserte sich, dass alle gesund und munter waren. Dann öffnete sie die Stalltür und die Schafe sprangen hinaus, um das frische Frühlingsgras zu fressen. Die Stallarbeit war schnell gemacht und als wir wieder im Haus waren, hatte Rainer bereits das Frühstück gezaubert. Sie sprachen beim Essen über die Planung des Tages. Rohloff wollte nach dem dunkelgrünen Kleinwagen suchen, Rainer hatte angeboten, mit ihm zu fahren. „Wie kommt dein Sinneswandel Marc gegenüber?" fragte Silke ihn. „Ach Silke, ich war bescheuert gewesen..." er senkte den Blick und schaute Silke dann von unten her an. „Hör auf mit dem Hundeblick, das klappt nur bei Siley" schimpfte Silke ihn. „Marc ist ganz ok, ich habe da wohl etwas hineininterpretiert, was nicht da ist." Silke nickte, „Schwamm drüber." Wir beendeten das Frühstück und ich kaute noch auf meinem halben Brötchen, als es an der Tür klingelte, Rohloff kam herein und nahm gerne einen Kaffee.

„Ich dachte mir, dass wir nochmal zur Hütte fahren und vielleicht haben wir Glück, dass der Wagen dort erneut vorbeifährt." Rainer stimmte Marc zu und die beiden Männer verabschiedeten sich zeitnah von Silke und mir. Ich wartete darauf, was Silke nun vorhatte. „Wir beide müssen noch einkaufen." Sofort rannte ich zu meinem Geschirr und Silke tüdelte mich an, „Zappel nicht so herum." Wir fuhren zum Supermarkt und ich hütete den Wagen, während Silke den Wocheneinkauf tätigte. Sie reichte mir ein kleines Leckerchen zu, als sie wieder da war und die Einkäufe in den Wagen packte. „Heute Abend gibt es Hackbraten mit Brokkoli und Salzkartoffeln." Ich sah sie freudestrahlend an, denn ich würde bestimmt ein wenig davon abbekommen. Auf dem Weg nach

Hause sah ich aus dem Wagenfenster, die Natur war in den letzten Tagen mit frischem Grün erwacht und ich mochte diese Jahreszeit am liebsten. Die Sonne schien auf meine müden alten Knochen, doch es war nicht so warm wie im Sommer und überall sah man die Tiere wieder auf den Wiesen laufen. Silke sah mich an „Der Frühling ist prima, findest du nicht auch?" Ich gab ein zustimmendes Knuttern von mir und blickte wieder aus dem Fenster.

„Ach guck mal, da vorne stehen Rainer und Marc. Wollen wir kurz anhalten?" Ich drehte mich aufgeregt im Kreis und winselte vor Freude. Silke parkte hinter Marc Rohloffs Wagen und ließ mich aussteigen. Rainer begrüßte mich „Kommst du uns unterstützen?" Silke drohte ihm mit dem Zeigefinger „Nichts da! Mein kleiner Schatz hat genug Aufregung hinter sich, das ist eure Aufgabe." Sie ließ sich von Rainer umarmen. Marc tätschelte mir den Kopf und sah zu Rainer und Silke. Ich konnte in seinen Augen sehen, dass er traurig war. Silke wandte sich an ihn, „Ist der grüne Wagen noch nicht aufgetaucht?" Marc schüttelte den Kopf, „Leider nein. Ohne Kennzeichen weiß ich nur leider auch derzeit nicht, wie wir anders vorgehen sollen." Silke öffnete die Beifahrertür und holte etwas heraus. Ich reckte die Nase danach und wollte es gerne haben. „Nein, nein, mein

Engelchen, das ist für Rainer und Marc"
sagte sie und gab den beiden je einen
Schokoriegel. Die Männer lachten und
steckten sich diese ein. Ich schnüffelte
am Gras und ging ein wenig den
Straßenrand hoch, Silke sah mir nach,
während sie mit den Männern redete.
Ich hörte einen Wagen kommen und
ging wieder zu Silke. Marc sah zur
Straße, „Da! Ein dunkelgrüner
Kleinwagen!" Rainer blickte zur Straße,
der Wagen fuhr an uns vorbei.

„Los! Hinterher!" Marc rannte zum
Wagen, Rainer folgte ihm und sie fuhren
rasant los, dass uns Steine um die
Ohren flogen. Silke sah ihnen hinterher
und ich drängte sie zur Abfahrt, indem
ich sie mit den Zähnen am Ärmel
zupfte. Wir stiegen langsam ein und
Silke sah nachdenklich durch den
Spiegel zu mir. „Ich würde gerne
hinterherfahren... Wenn das wirklich
dein Entführer sein sollte..." Sie sah
wütend aus, doch ich spürte ihre Liebe
zu mir. Schweigend fuhren wir nach
Hause, Silke räumte die Einkäufe in die
Schränke und begann damit, das Essen
vorzubereiten. „Dass sich aber auch
keiner der beiden eben meldet..." Silke
lief unruhig hin und her, räumte hier
und da und stolperte dabei mehrfach
über mich. Sie zuckte zusammen als ihr
Handy klingelte. „Und?" meldete sie
sich. „Hmm..." sie lauschte in das
Gerät. „Ach so." Ich hörte jemanden

sprechen, verstand jedoch nichts. „Wäre ja auch zu schön gewesen." Silke legte auf und hockte sich zu mir auf den Boden. Ich legte mich auf den Rücken, damit sie mir den Bauch kraulte. „Ach Siley... Der grüne Wagen war ein Reinfall. Das war eine ältere Dame, die ganz sicher nichts mit deiner Entführung zu tun hat." Ich genoss die Streicheleinheiten und leckte Silke die Hand. Sie legte sich neben mich auf den Rand meines großen Kuschelbettes und wir drückten unsere Köpfe aneinander. Das ließ mein Herz vor Glück jedes Mal hüpfen. Silke entspannte sich langsam und wir lagen aneinandergeschmiegt so lange auf dem Boden, bis Rainer zur Tür hereinkam. Ihm folgte Marc, der bei unserem Anblick breit grinste. „Da jagen wir grüne Autos und ihr faulenzt" flachste er.

Der Tee dampfte in den Tassen und ich döste vor dem Ofen. „Die alte Dame war sehr erschrocken gewesen, als ich ihr meine Dienstmarke vor die Nase hielt." Rainer unterdrückte ein Lachen. „Der Anblick war doch ein wenig zum Schießen gewesen." Silke schalt die beiden, „Die arme Frau tut mir leid." Marc sah betreten nach unten, „Du hast schon recht." Rainer legte den Arm um Silke, „Wir haben uns gebührend bei der Dame entschuldigt und ihr von Sileys tagelangem Eingesperrt sein berichtet. Sie war darüber sehr erbost gewesen und wir sollen ihn ordentlich verwöhnen." Silke wurde wieder versöhnlich und schenkte Tee nach. Marc sah sie immer wieder an, doch sie schien es nicht zu bemerken.

Am frühen Abend kochte Silke, sie hatte Marc, der sich nach dem Tee auf den Weg in die Dienststelle gemacht hatte, um an einem anderen Fall weiterzuarbeiten. Rainer ging Silke zur Hand und ich trollte mich zu den Schafen. Mir war nach tierischer Gesellschaft und ich tobte mit den Jungschafen über die Wiese. Es hupte am Tor und ich rannte von der Wiese im Eiltempo zum Tor, um meinen Job als Aufpasser wahrzunehmen, doch ich erkannte nach zweimaligem Bellen, dass Christian gekommen war. Silke trocknete sich die Hände am Handtuch und öffnete ihm. Ich lief um die beiden herum, denn Christian hatte meistens etwas für mich dabei und wurde nicht enttäuscht. „Störe ich?" fragte er. „Du störst doch nie!" war die Antwort, „Bleibst du zum Essen?" Christian sah kurz in seinen Kalender, „Ich habe nichts mehr vor, daher nehme ich die Einladung gerne an." Silke hakte sich bei ihm unter und die beiden betraten das Haus. Rainer begrüßte Christian erfreut. „Was machen die Geschäfte? Wird ordentlich geklagt?" Die beiden gaben sich ein kurzes neckisches Wortgefecht und setzten sich dann an den Esstisch. Der Hackbraten roch unwiderstehlich und man begann zu essen. Mir lief der Speichel im Mund zusammen und Silke wischte mir mit einem Küchentuch die Schnute ab, bevor sie mir ein Stück vom Fleisch gab.

Christian lehnte sich zurück und trank seinen Espresso, dann berichtete er, was er in Erfahrung gebracht hatte. Als Mitglied der Jägerschaft hatte er sich an den Vorsitzenden gewandt, der ihm gesagt hatte, wem die Hütte im Wald gehörte, in der ich tagelang eingesperrt war. Sie gehörte einem Herbert Janßen, den Christian direkt aufgesucht hatte. Herr Janßen war gesundheitlich angeschlagen und war daher im Spätsommer das letzte Mal bei seiner Hütte gewesen, so hatte er Christian erzählt. Den Schlüssel hatte Herr Janßen unter einen Stein neben der Tür gelegt, da hätte er immer schon gelegen, schließlich wäre nichts Wertvolles in der Hütte, sie diente Herbert Janßen nur als gelegentlichen Unterstand, wenn er allein sein wollte. Janßen war geschockt gewesen, dass die Hütte für kriminelle Machenschaften genutzt worden war und bat Christian, mit ihm dort hinzufahren, der seinem Wunsch gern nachkam.

Janßen war erschrocken gewesen über den Zustand der Hütte, erzählte Christian, denn als er sie im August vorigen Jahres verschlossen hatte, war die kleine Hütte sauber und aufgeräumt gewesen hatte Herbert Janßen gesagt. Er würde die Hütte jedes Jahr zum Herbst hin in Ordnung bringen und hätte sie sonst jedes Jahr im Frühjahr so vorgefunden, wie er sie verlassen hatte. Christian war mit ihm um die Hütte herumgegangen und hatte dabei alles notiert, was Janßen aufzählte. Der kleine Werkstattofen war benutzt worden, die Schränke geöffnet und Decken herausgenommen worden. Der Schlüssel unter dem Stein lag noch da, den steckte Janßen sich ein, damit keiner mehr in die Hütte kommen sollte. Christian fuhr den aufgebrachten Hüttenbesitzer Janßen wieder nach Hause. Er hatte ihn darüber informiert, dass die Polizei sich sein kleines Blockhaus bereits angesehen hatte und versprach ihm, die notierten Angaben von ihm an die Polizeidienststelle weiterzuleiten. Janßen war ihm dankbar dafür und hatte darum gebeten, Siley auszurichten, dass es ihm sehr leid tat, dass er in seiner Hütte gefangen gehalten worden war.

„Damit sind wir also nicht wirklich schlauer..." sagte Silke nachdenklich. Ich hatte mich neben sie gesetzt und sie kraulte mir die Ohren. „Was haben wir denn noch für Anhaltspunkte?" fragte Christian in die kleine Runde. Rainer zog eine Grimasse und Silke zuckte mit den Schultern. „Marc scheint leider auch noch nicht weitergekommen zu sein bei seiner Suche nach dem grünen Kleinwagen. Es geht keinen Deut voran. Warum wurde Siley entführt und vor allem, warum wurde ein harmloser Lehrer ermordet und zerstückelt?" Es herrschte Schweigen am Tisch, das Christian mit seinem Aufbruch beendete, „Leute, ich muss los, morgen früh habe ich einen Gerichtstermin, bei dem ich fit sein muss. Danke für das vorzügliche Essen." Wir brachten ihn gemeinsam zum Tor und Silke gab den Schafen noch etwas Raufutter, bevor wir dann zu Bett gingen.

12

Es war kurz nach 10 Uhr am Morgen als es bei uns klingelte. Rainer war bereits in seine Kanzlei gefahren und Silke war in der Waschküche beschäftigt. Ich hatte mir meinen morgendlichen Erholungsschlaf gegönnt, nachdem ich Silke zur Stallarbeit am frühen Morgen begleitet hatte. Silke hatte das Klingeln nicht gehört, da die Waschmaschine im Schleudergang lief und rannte daher direkt zum Tor. Marc Rohloff stand dort und ich stand wedelnd vor ihm. „Wo ist denn dein Frauchen?" fragte er mich. Ich sah mich um und da von Silke immer noch nichts zu sehen war, lief ich geschwind wieder ins Haus und zog Silke am Ärmel, um sie dazu zubewegen mir zu folgen. Sie sah mich an „Was ist denn los? Du hattest doch schon Frühstück." Ich zog erneut mit den Zähnen an ihrem Pullover. „Ist ja gut, ich komme schon", sagte Silke und kam hinter mir her zur Tennentür, durch die die Sonnenstrahlen warm auf die Diele schienen. Silke blinzelte ein wenig in die Sonne. „Guten Morgen" rief Marc vom Tor her. „Dir auch" rief Silke und öffnete das Tor, „Ich habe gar nicht gehört, dass du geklingelt hast." Ich bellte kurz und blickte vorwurfsvoll zu Silke hoch. „Hast du gut gemacht" lobte sie mich und ich umrundete die beiden, während wir ins Haus gingen. „Tee?" fragte Silke, Marc verneinte, er wollte lieber einen Kaffee, den Silke dann kochte. Ich sah Marc an und hoffte, dass er neue Erkenntnisse mitgebracht hatte. Silke setzte sich und stützte das Kinn in beide Hände. „Hast du was Neues herausgefunden?" „Leider nein, alle Spuren scheinen in einer Sackgasse zu verlaufen, ich komme nicht einen Schritt weiter." Silke nickte. „Wir sind gestern Abend zum gleichen Ergebnis gekommen." Sie tranken ihren Kaffee und ich legte mich in mein Hundebett.

„Was hast du heute noch vor?" fragte Marc Rohloff. Silke sah ihn fragend an, „Ich bin in meiner glücklichen Situation als Autorin prinzipiell variabel mit meiner Zeit. Warum fragst du?" Marc blickte zu mir und ich hob den Kopf. „Es gibt da noch ein paar Sachen mit der Witwe von Baumann zu klären und ich würde mich freuen, wenn Ihr beiden mich begleitetet würdet." Silke sah zu mir, „Bist du dabei?" Ich erhob mich von meinem Bettchen und hüpfte auf und ab, mein Instinkt sagte mir, dass der Besuch spannend werden könnte. Mit meinem blauen Geschirr bekleidet sprang ich in den Kofferraum von Rohloffs Polizeiwagen. Ich schnupperte mich erstmal durch den Kofferraum, der so anders roch als unser Wagen und setzte mich dann brav hin. Silke unterhielt sich mit Marc, der dankbar war, dass wir mitfuhren, da er sich von unserer Anwesenheit erhoffte, dass die Witwe des Toten vom Sperrwehr redseliger sein würde.

Am Haus von Baumann angelangt ließ mich Silke aus dem Wagen und ich erkundete ich den Vorgarten. Marc ging zur Haustür und klingelte. Frau Baumann öffnete und sah ihn überrascht an. „Moin Frau Baumann." Sie schüttelte seine Hand „Hallo Herr Rohloff. Kommen Sie, um mir zu sagen, wer meinen Mann umgebracht hat?" Rohloff sah zu Silke, die mich nun angeleint hatte, „Leider haben wir den Täter noch nicht fassen können, deshalb sind wir hier, damit wir mehr

Hintergrundinformationen über das Leben Ihres Mannes von Ihnen bekommen." Frau Baumann begrüßte nun auch Silke und mich und bat uns ins Haus. Ich blickte mich um, überall stand Nippes und Silke gab mir zu verstehen, vorsichtig zu sein. Wir wurden ins Esszimmer geführt, von wo aus wir in den schön angelegten Garten schauen konnten. Silke bewunderte die Frühlingsblüher „Sie haben einen wunderschönen Garten. Macht sicher viel Arbeit." Frau Baumann trat neben sie „Die meiste Arbeit hat immer mein Mann gemacht." Dabei sah sie traurig aus. „Karsten hatte den grünen Daumen und für ihn war die Arbeit im Garten ein Ausgleich zu seiner Lehrtätigkeit." Silke legte die Hand auf Rita Baumanns Arm, um sie zu trösten. Sie fing sich schnell und bot Kaffee an. Marc setzte sich und Silke wählte einen Platz, wo ich neben ihr liegen konnte.

„Der Kaffee läuft. Worüber wollen Sie denn mit mir sprechen? Was möchten Sie wissen?" Rita Baumann wirkte wieder sehr gefasst und Marc zögerte nicht lange. „Wir bräuchten Informationen über das Privatleben Ihres Mannes. Die Art, wie man in getötet hat, lässt auf Rache schließen." Die Witwe Baumann überlegte kurz, dann berichtete sie, dass ihr Mann eher zurückgezogen gelebt hatte. Er wäre nur selten mitgegangen, wenn sie selbst auf Veranstaltungen gegangen sei. Sie hätten eine gute Ehe geführt, obwohl sie sehr unterschiedliche Interessen gehabt hatten. Silke hörte schweigend zu und ich reckte meine Nase in die Luft. Als Frau Baumann den Kaffee holte, bemerkte ich wieder diesen Geruch, der mir schon beim Eintreten in die Wohnung bekannt vorgekommen war. Silke bemerkte mein Schnüffeln und beugte sich zu mir herunter. Ich sog immer wieder lautstark die Luft ein, doch ich kam nicht darauf, wo ich den Geruch schon einmal wahrgenommen hatte. Rita Baumann sah uns an „Was hat er denn? Geht es ihm nicht gut?" „Beachten Sie ihn gar nicht" erwiderte Silke, doch die Witwe sah mich aus den Augenwinkeln immer wieder an. Marc fragte weiter, doch die Angaben von Frau Baumann waren nicht sonderlich ergiebig für die weiteren Ermittlungen und so verabschiedeten wir uns nach dem Kaffee.

„Eine Frage habe ich noch" drehte sich Marc an der Haustür nochmal um, „Sie hatten Ihren Mann nicht als vermisst gemeldet, obwohl er bereits 2 Tage weggewesen war. War Ihr Mann des Öfteren länger weg, ohne sich zu melden?" Rita Baumann blinzelte mit den Augen und es dauerte etwas, bis sie antwortete, „Karsten hat oft Radtouren gemacht, da war es keine Seltenheit, wenn er über Nacht wegblieb. Bei diesen Touren hat er sein Handy immer zu Hause gelassen, daher war das nicht ungewöhnlich für mich, dass er sich nicht gemeldet hat. Wie gesagt, wir hatten unterschiedliche Interessen." Ihr Ton klang hart und ich konnte an ihrem Gesicht sehen, dass sie unseren Besuch nun leid war. Wir gingen zum Wagen und fuhren los. Nach der ersten Kurve begannen Silke und Marc über den Besuch zu sprechen. „Das war doch seltsam..." Silke sah Marc an. „Hast du ihre Gleichgültigkeit bemerkt? Sie hat zwar versucht, Gefühle vorzuspielen, doch die waren sicher nicht echt." Marc sah die Sache genauso. „Siley scheint ebenfalls skeptisch geworden zu sein. So lautstark schnuppert er nur, wenn er etwas Leckeres riecht oder etwas im Busche ist." „Das Haus sah auch so aus, als ob unser Toter nichts hinterlassen hat." Silke zog die Stirn in Falten „Naja... jeder trauert auch anders, vielleicht tun wir ihr Unrecht."

Marc setzte uns zu Hause ab und fuhr wieder los, da er etwas überprüfen wollte. Silke und ich gingen über den Hof, um nach den Schafen auf der Weide zu schauen. Auf dem Weg dorthin hörten wir Hanne, die uns ein fröhliches „Moin" zurief. Silke drehte wieder um und ließ Hanne auf den Hof. „Ich wollte nachher nach Leer, um ein wenig im Schnäppchenladen zu stöbern. Willst du mit?" Silke klatschte begeistert in die Hände, „Das ist eine fabelhafte Idee." Ich trödelte neben den beiden her und hörte das Geräusch erst im letzten Moment, es war ein heller Pfeifton. Dann fiel etwas neben mir zu Boden und ich knurrte und bellte laut. Silke sah zu mir und erschrak, sie schaute sich in alle Richtungen um. „Siley, hier her, zu mir!" Hanne sah Silke fragend an, dann sah auch sie den Pfeil am Boden liegen. „Wo kommt der denn her?" Silke schüttelte den Kopf und sah wieder zur Schafkoppel. Ich hörte ein weiteres helles Pfeifen und duckte mich. Dieser Pfeil verfehlte mich nur knapp. „Zum Stall!" brüllte Silke und zog Hanne an der Jacke mit sich, die nicht verstand, was los war. Nun flog ein Pfeil nach dem nächsten durch die Luft und wir rannten im Zickzack zum Stall. Hanne war so erschrocken, dass sie völlig erstarrt dastand. „Bleibt hier" raunte Silke und sah um die Ecke des Stalls. Sie sprang zurück, weil ein Pfeil direkt an ihr vorbeiflog. „Was hast du vor?" fragte Hanne ängstlich. „Meine Tasche steht an der Tennentür, da ist mein Handy drin. Ich muss da hin, um Rohloff anzurufen." Hanne hielt sie am Arm, „Das ist zu gefährlich." „Wir können hier aber auch nicht einfach stehen und warten, bis einer von uns getroffen wurde." Ich sah zur Tennentür und dann rannte ich los. „SILEY!" Silke schrie hinter mir her, doch ich rannte geduckt und so flink meine Beine konnten zu der Tasche, schnappte sie mit den Zähnen und wollte zurück zu Silke damit laufen. Zwei Pfeile schossen an mir vorbei und ich versuchte, mich hinter einem Blumenkübel zu verstecken, doch ich stolperte und fiel auf den Boden. Ein weiterer Pfeil flog an meinem Kopf vorbei. Silke und Hanne standen an der Stallmauer, Hanne unterdrückte einen Schrei, Silke hatte die Hände erhoben. Ich wollte mich aufrappeln, verhedderte mich jedoch im Trageband der Tasche. Silke sah wieder um die Mauerecke und dann sah ich, wie sie losrannte, Hanne versuchte vergeblich, sie festzuhalten. Ich strampelte mit den Beinen, um mich aus dem Band zu befreien, als Silke schon neben mir stand. Sie hockte sich neben mich und riss das Band von der Tasche ab, dann half sie mir hoch und wir rannten zurück zu Hanne, die kreideweiß im Gesicht an der Stallmauer lehnte.

Silke zückte ihr Smartphone aus der Tasche und rief Rohloff an. „Marc, du musst sofort zurückkommen. Auf uns wird geschossen. Siley ist den Pfeilen nur knapp entkommen. Wir stehen am Stall, ich kann nicht erkennen, von wo aus geschossen wird." Hanne sagte keinen Ton mehr und ich leckte mir die Pfote, die ich mir bei dem Sturz verletzt hatte. „Wir müssen in den Stall und uns dort verstecken. Marc wird gleich da sein." Im Stall verkrochen wir uns hinter den Strohballen. Ich konnte nicht mehr hören, ob noch mit Pfeilen geschossen wurde. Silke schlich sich zur großen Stalltür, um zu schauen, ob mit den Schafen alles in Ordnung wäre. Die Auen liefen hektisch hin und her. Dann hörten wir das Martinshorn, das näherkam. Das musste Marc sein, der mit Blaulicht zu uns eilte. „Es wird nicht mehr geschossen", sagte Silke und Hanne entspannte sich langsam. Marc Rohloff fuhr rasant vor, Silke lief zum Tor und er fuhr auf den Hof. Als er aus dem Wagen sprang holte Hanne tief Luft „Endlich!"

Marc verschaffte sich einen Überblick und lief dann mit gezogener Waffe über den Hof, doch kein Pfeil flog mehr. Er sammelte die Pfeile ein, die überall verteilt lagen, um sie kriminaltechnisch untersuchen zu lassen. Dann brachte er Hanne nach Hause, nachdem Silke ihm versichert hatte, dass wir allein klarkämen. Gerade, als die beiden weg waren, hörten wir einen Wagen starten, Silke sah mich an und wir rannten zur Straße. Ein grüner Wagen raste davon, ich setzte an, um ihm hinterherzujagen, doch Silke rief mich zurück, „Lass sein, Siley, der ist zu schnell." Ich drehte mich um und ging mit Silke wieder auf den Hof. Marc kam wieder zu uns und Silke erzählte ihm von dem Wagen.

„Immer wieder dieser grüne Wagen..."
„Aber dieses Mal habe ich das Kennzeichen gesehen." Marc riss die Augen auf, „Sehr gut!" Er notierte sich das Kennzeichen und wollte das im Präsidium überprüfen. „Es muss ja nicht der Schütze gewesen sein", gab Silke zu Bedenken, „Hier fahren durchaus öfter mal Wagen durch." Marc nickte, „Das stimmt, aber ich will mal sehen, ob der Halter in Verbindung mit dem Toten oder sonst mit dir steht." Dann fuhr er los, nicht, ohne vorher Sicherheitsratschläge zu geben und wir gingen ins Haus und Silke schloss gegen ihre sonstige Gewohnheit die Tür ab.

Nachdem Silke meine Pfote gereinigt und versorgt hatte, gab sie mir einen Kuss auf die Stirn und ein besonderes Leckerli, das ich in meinem Kuschelbett am Ofen verzehrte und dann einschlief. Ich träumte von wild umherfliegenden Pfeilen und zuckte mit den Pfoten, knurrte und bellte im Schlaf. Silke hatte sich einen Tee gemacht und sich zu mir gesetzt, sie rang mit sich, ob sie Rainer anrufen sollte oder nicht. Zwar hatte sie keine Angst, doch sie war in Sorge, dass mir etwas passieren könnte, schließlich war ich in kurzer Zeit entführt worden und man hatte mit Pfeilen auf mich geschossen. Sie entschied sich gegen einen Anruf, holte stattdessen einen Block aus dem kleinen Sekretär und einen Füllfederhalter. Damit bewaffnet hockte sie sich auf das Sofa, die Beine überkreuzt, und begann aufzuschreiben, was in letzter Zeit passiert war. Sie notierte die einzelnen Fakten in einzelnen Blöcken, um diese dann miteinander zu verbinden. Auf das Diagramm konzentriert saß sie da, nahm zwischendurch mal einen Schluck Tee und zog immer wieder neue Verbindungslinien. „Wieso hast du denn abgeschlossen?", Rainer hatte unbemerkt von uns beiden die große Wohnküche betreten und Silke sah erschrocken auf. Ich bellte dreimal mit tiefer Stimme und erkannte dann erst Rainer. „Hallo? Erkennt Ihr mich etwa nicht mehr?" Rainer stand verdattert in der Küche. „Doch, natürlich!" Silke lachte erleichtert, „Willst du einen Tee? Dann erzähle ich dir, was wir heute erlebt haben..." Rainer setzte sich zu Silke auf das Sofa und sah zu mir. „Siley hat einen Verband an der Pfote?" stellte er fragend fest. Silke gab Rainer einen Kuss auf die Wange, schenkte einen Tee ein und erzählte Rainer von dem heutigen Beschuss durch den Bogenschützen. Als sie mit dem Kleinwagen endete, sah Rainer sie ungläubig an, „Immer wieder dieser Kleinwagen..." Dann sah er Silke an, „Ich bin ein wenig enttäuscht... Weil du mich nicht angerufen hast!" „Ich wollte dich nicht stören und was hättest du tun können? Marc war doch noch in der

Nähe..." Rainer umarmte Silke und schaute ihr in die Augen. Er zog sie näher zu sich heran und hielt sie fest im Arm.

Rainer begleitete Silke in den Stall und hatte den Hof voll beleuchtet. „Du machst uns zu idealen Zielen, das ist dir klar, oder?" Silke rief die Schafe, überprüfte, ob alle gesund und wohlauf waren und versorgte sie dann. Rainer hatte den Hühnerstall verriegelt und Arm in Arm kamen sie wieder in die Küche. „Mir ist heute nicht nach großem Essen, ich möchte lieber ein Brot." Silke ging an den Kühlschrank und holte Aufschnitt und Brot heraus. Tomaten, Gurke und Butter wanderten auf den Tisch. Rainer stellte zwei Flaschen Alster dazu. Ich blieb in meinem Hundebett, da meine Pfote nun ziemlich brannte, Silke schnitt mir kleine Würfel von ihrem Brot ab und reichte sie mir zu. „Der arme kleine Kerl... er hat einen ganz schönen Ritt in den letzten Tagen mitgemacht." Ich genoss es, von ihr verwöhnt zu werden.

13

Ich schlief die Nacht in meinem Kuschelbett und als ich am nächsten Tag früh wach wurde, stand ich vorsichtig auf und testete die verletzte Pfote, ich konnte wieder auftreten und ging ins Schlafzimmer. Silke lag noch im Bett, sie war bereits wach und begrüßte mich gut gelaunt. „Guten Morgen mein tapferer Held. Der Pfote geht es wohl besser, wie ich sehe. Komm her, dann machen wir den Verband ab." Ich hielt meine Pfote hoch und sie entfernte den störenden Verband. „Sieht gut aus", sagte Silke zufrieden und nahm mich unter ihre Decke. Ich kuschelte mich glücklich an sie und sie streichelte mir den Rücken und mein Gesicht. Das zweite Kissen war unberührt und ich sah Silke fragend an. „Rainer hat im Gästezimmer geschlafen" zwinkerte sie mir zu. Wir standen auf und Silke zog sich ihren Plüschbademantel über. Barfuß ging sie in die Küche und setzte Kaffee an. Ich bekam mein Fresschen und ging dann zur Tennentür. „Warte noch, ich will mich eben anziehen, dann gehen wir gemeinsam hinaus. Ich möchte dich ungern allein draußen wissen." Im Gästezimmer hörte ich Rainer sprechen und wanderte dorthin, bis Silke fertig war. Rainer saß am kleinen Schreibtisch und arbeitete an seinem Laptop. „Hey", wandte er sich an mich, „Ist Silke auch wach?" Ich warf einen Blick auf den Bildschirm und sah Steuerformulare, es schien, als ob er von hier aus arbeiten wollte. Silke stand angezogen in der Tür. „Seit wann bist du schon wach?" Rainer sah auf die Uhr, „Seit sechs Uhr. Ich werde heute von hier aus arbeiten, wenn es dir recht ist." Silke verschränkte die Arme vor der Brust, „Sag doch einfach, dass du auf uns aufpassen willst." Sie grinste dabei. „Ertappt!" gestand Rainer.

Die Schafe rannten im Eiltempo aus dem Stall, um auf der Weide in der Sonne zu grasen. Silke wanderte noch durch den Garten und freute sich über die vielen Tulpen und anderen Frühlingsblüher, die in weiß und rosa erblüht waren. Rainer war uns einige Zeit später gefolgt und neckte Silke „Ein Traum aus rosa und weiß..." „Genauso, wie ich es wollte." Er legte den Arm um Silke und die beiden sahen Hanne am Tor. „Guten Morgen!" rief sie. Silke ließ Hanne eintreten und lud sie zum Kaffee ein. „Hast du den Schrecken von gestern verkraftet?" „Ich habe Hansi nichts davon erzählt." Rainer war schon ins Haus gegangen und hatte drei Becher mit Kaffee gefüllt. Die drei unterhielten sich über die Bogenschießerei von gestern, Hanne hatte das stark zugesetzt, doch sie war nicht bange und als sie hörte, dass Marc Rohloff alles darangab, den oder die Täter zu finden, war sie beruhigt. „Da

Herr Rohloff mit Blaulicht und Martinshorn vorgefahren war, traut sich der Bogenschütze sicher nicht nochmal wiederzukommen."

Am Tor klingelte es und ich rannte hinaus und bellte, bis ich sah, dass es Marc Rohloff war. Rainer öffnete ihm, „Moin. Hast du den Kaffee gerochen?" „Ja, ich komme nur deswegen" lachte Marc und betrat die Küche. Hanne erhob sich und wollte gehen, da sie noch Erledigungen zu machen hatte. Marc setzte sich auf den freigewordenen Platz. „Hast du rausbekommen, wem der Wagen gehört?" Marc nahm einen großen Schluck Kaffee, „Ja, das habe ich. Er gehört einer 79jährigen Dame aus Aperberg." Silke sah Rainer an. „Aber das wird kaum die Bogenschützin sein." „Das denke ich auch nicht, denn bei meinem Besuch bei ihr war offensichtlich, dass sie fortgeschrittene Arthrose in den Händen hat, sie könnte unmöglich einen Bogen halten, geschweige denn diesen auch noch spannen." Ich sah von einem zum anderen. „Also wieder eine Sackgasse" stellte Rainer fest. „Wir haben einen Toten, der bei allen beliebt war... Verschiedene Bogenschützen... einer davon Wilmer, der nichts aussagen will... die Entführung von Siley, damit Wilmer freikommt... wieder ein Angriff... und nichts davon scheint zusammenzugehören." Silke war aufgestanden und hatte ihr Diagramm aus dem Sekretär geholt, das sie am Vorabend erstellt hatte. Sie legte es in die Mitte vom Tisch und die beiden Männer blickten gespannt darauf.

„Lasst uns zum Sofa gehen, dann kann Siley auch einen Blick darauf werfen" sagte Silke und wechselte vom Küchentisch zum kleinen Beistelltisch am Sofa. Ich setzte mich neben Silke auf den Fußboden, Rainer und Marc nahmen auf dem Sofa Platz. Das Diagramm lag vor ihnen und sie studierten es. Ich schaute mir die Linien an und erahnte, was Silke dort zusammengestellt hatte. Marc schaute auf, „Nicht schlecht." Rainer vertiefte sich in das Diagramm, dann stand er auf, holte einen Stoß Papier aus dem Sekretär, verschiedenfarbige Stifte und breitete diese auf dem Küchentisch aus. Silke schaute gebannt zu und wartete auf das, was Rainer vorhatte. Marc stellte sich neben Rainer und nahm sich einen der leeren Blätter. Er begann, die einzelnen Fakten von Silkes Skizze jeweils auf einen Zettel zu schreiben. Rainer tat es ihm gleich. „Ich sehe schon... zwei Doofe, ein Gedanke" freute sich Silke, der die Zusammenarbeit zwischen Rainer und Marc gut gefiel. Schnell waren die beiden fertig und nun wurden die verschiedenen Ereignisse mit den

Namen der einzelnen Personen, die bekannt waren zusammengelegt.

Eine knappe Stunde später waren verschiedene Varianten durchgespielt worden, doch keine führte zu einem befriedigenden Ergebnis. „Ich habe das Gefühl, dass wir dank dieses Diagramms nah an der Lösung sind." Marc schob noch ein paar Mal die Blätter hin und her und verknüpfte die Namen mit den Ereignissen. „Klar ist, dass es sich um zwei Täter handeln muss. Klaus Wilmer hüllt sich leider weiterhin in Schweigen. Der Staatsanwalt hat Untersuchungshaft angeordnet, da die Indizien ausreichend genug sind, ihn mit dem Mord an Karsten Baumann in Verbindung zu bringen." Dem stimmten Silke und Rainer zu und auch ich gab mit einem gurgelnden Geräusch mein Ja zum Ausdruck. „Sein Komplize hat Siley entführt, um Wilmer freizupressen. Auch das steht außer Frage." Ich wedelte erfreut mit der Rute, da die positive Energie der Situation auf mich überging. Silke war sichtlich aufgeregt und beugte sich dichter an den Tisch. „Es gibt auch zwei Bogenschützen, zum einen die Jungs, die aus jugendlichem Übermut gehandelt haben, zum anderen dann noch den, der nach dem vergeblichen Versuch, Wilmer mittels Sileys Entführung aus dem Gefängnis zu

holen, uns wiederholt beschossen hat."
„Apropos Jungs", griff Marc das Stichwort auf, „Der Richter wird ihnen jeweils 2.000 Sozialstunden aufbrummen, da zum Glück kein Tier schwerer verletzt oder gar getötet worden war und die beiden Reue gezeigt haben." „Ich hoffe, sie tun so etwas nie wieder!" gab Silke mit bösem Unterton zurück. Rainer knuffte sie, um das Thema zu wechseln und zeigte auf den Tisch. „Was ist mit dem dunkelgrünen Kleinwagen? Wollen wir den als Zufallserscheinung verbuchen?" Silke musste lachen, „Als Steuerberater verbucht man doch alles irgendwo..." Rainer zog eine Augenbraue hoch, „Du bist doch gelernte Steuerfachangestellte, das Buchen hast du also auch gelernt." „Man gut, dass ich Kriminalist bin und ermittle, statt zu buchen." Die Stimmung war freudig aufgeregt, obwohl wir noch keinen Schritt weitergekommen waren.

Ein Anruf auf Marc Handy unterbrach das Erstellen des Diagramms, Marc musste ins Präsidium. Rainer und Silke betrachteten noch eine Weile das erstellte Diagramm. „Die Lösung liegt direkt vor uns, ich spüre das" sagte Silke. Ich bellte und Rainer sah zu mir. „Stimme du deiner Mama ruhig zu, ich bin mir da doch auch sicher." Silke rieb sich das Gesicht und forderte mich auf, mit ihr rauszugehen. „Ich brauche frische Luft und du musst auch noch arbeiten. Lass uns später nochmal darauf schauen." Rainer nickte und verzog sich wieder ins Gästezimmer, während Silke und ich den Hof in Ordnung brachten. Wir blieben draußen, bis die Sonne ihre Wärme verlor und es fühlte sich an, als ob alles wieder in Ordnung war, doch ich bemerkte auch, dass Silke in Habacht-Stellung war, sie behielt mich immer im Auge.

Nachdem Abendessen duschte Silke und sie setzte sich wieder mit Rainer an den Küchentisch. „Wir schließen einfach die die Personen aus, die als Täter nicht in Frage kommen." Rainer versuchte einen neuen Ansatz. „Da wären die beiden jugendlichen Tierquäler und die Witwe, die können wir ausschließen. Wilmer ist definitiv an der Tat beteiligt, was hätte er sonst bei der Brandruine zu suchen gehabt, wo der Kopf von Karsten Baumann lag." Silke erschauerte bei dem Gedanken. „Seinen Komplizen gibt er nicht preis und Marc konnte niemanden ermitteln, mit dem Wilmer in letzter Zeit Kontakt gehabt hatte. Mit seinem Smartphone hat er nur bei seiner Mutter angerufen und bei seinem Arbeitgeber, den Marc überprüft hatte und der ein Alibi hat, da er sich derzeit im Ausland aufhält." Die beiden überlegten hin und her, kamen jedoch nicht wirklich weiter. Ich hatte mich nach einem letzten Gartenrundgang in mein Kuschelbett zurückgezogen und döste ein.

14

Silke zog sich ihre Jacke an, „Du bleibst hier bei Rainer, ich muss nur schnell noch etwas einkaufen, morgen ist Karfreitag." Ich trollte mich auf das Sofa und Silke versprach, mir etwas mitzubringen. Rainer arbeitete wieder vom Gästezimmer aus. Es verging eine ganze Zeit, ehe Silke wiederkam. Sie brachte Frau Baumann mit ins Haus, die am Tor auf sie gewartet hatte. Ich lief verschlafen zu ihr, doch sie drehte sich von mir weg und so legte ich mich wieder hin und hörte von meinem Platz aus zu, was die Menschen beredeten. Silke bot Rita Baumann einen Kaffee an. Rainer kam aus dem Gästezimmer und blieb überrascht in der Tür stehen. „Guten Morgen." Frau Baumann gab ihm die Hand, „Ich wollte nicht stören, aber ich würde gern mit Frau Lüttmann reden." Rainer sah Silke an, die ihm mit den Augen zu verstehen gab, dass er sich dazusetzen sollte. Rainer verstand und setzte sich an den Tisch. Er räumte das Diagramm galant vom Tisch, bevor Frau Baumann es sah, die ihn genervt anblickte. Rainer ignorierte dies und begann ein lockeres Gespräch. „Wie kommen Sie zurecht?" Frau Baumann wandte sich ihm zu, „Nützt ja nichts..." Sie war recht wortkarg. „Sie wollten mit mir sprechen, sagten Sie mir am Tor" übernahm Silke das Wort. „Ja." Silke wartete drauf, dass sie fortfuhr, doch sie blickte immer wieder zu Rainer und Siley. „Was haben Sie denn auf dem Herzen" versuchte Silke einen neuen Versuch. „Nun ja... Sie kennen den ermittelnden Polizisten Rohloff doch näher..." Sie sprach langsam. Silke sah Rainer an, dem die Situation genauso befremdlich war, wie ihr. „Wir kennen uns, das stimmt." Ich hatte den Kopf gehoben, da ich neugierig geworden war. „Können Sie Herrn Rohloff unter Umständen mal fragen, wann der Leichnam meines Mannes freigegeben wird?" Silke sah Frau Baumann erstaunt an. „Ich glaube nicht, dass Herr Rohloff mir dazu Auskunft gibt. Haben Sie ihn denn selbst schon einmal gefragt?" Frau Baumann betrachtete ihre Hände mit den akkurat manikürten Fingernägeln, die in leuchtendem Rot glänzten. Rainer war anzusehen, dass er ihr Verhalten seltsam fand. „Frau Baumann, ich verstehe, dass dies eine harte Zeit für Sie ist." Sie sah ihn an und in ihren Augen standen Tränen. Silke legte die Hand auf ihre Schulter und reichte ihr ein Taschentuch. Die Witwe nahm es und wischte sich die Augen trocken. „Es ist nur so, ich muss die Beerdigung vorbereiten." „Verständlich." Ich spürte, dass Silke Mitleid mit der Frau in unserer Küche hatte und ich erhob mich und setzte mich direkt an Silkes Bein. Rainer lehnte sich mit beiden Armen auf den Tisch. „Möchten Sie noch einen Kaffee?" Frau Baumann nickte,

„Gerne." Rainer stand auf und schenkte nach. Silke war ebenfalls aufgestanden und entschuldigte sich für einen Moment. Ich folgte ihr, denn ich hatte einen Wagen vorfahren hören. Wir empfingen Marc an der Tennentür, der direkt in den Hof gefahren war, weil Silke durch den überraschenden Besuch von Frau Baumann, das Tor nicht geschlossen hatte. „Hallo. Du glaubst nicht, wer bei mir in der Küche sitzt..." Marc konterte „Mit Sicherheit der Rainer." Silke drehte sich zur Küchentür um und flüsterte „Die Witwe Baumann. Sie möchte wissen, wann ihr Mann freigegeben wird." Marc zog ein fragendes Gesicht „Wieso fragt sich dich das?" „Sie glaubt, dass ich den Vorgang wohl beschleunigen könne, da wir uns kennen." Er folgte uns ins Haus.

Frau Baumann hielt ihren Becher Kaffee in der Hand, als Marc die Küche betrat. „Moin Frau Baumann" grüßte er und nickte Rainer zu. Die Witwe drehte sich zu ihm um und errötete, das trotz des perfekt geschminkten Gesichts deutlich sichtbar war. Marc nahm den Kaffee von Silke und setzte sich an das Kopfende des Tisches. Alle vier schwiegen einen Moment. Ich war fasziniert vom Verhalten der Menschen und wartete, wer als erster das Wort ergreifen würde. „Frau Baumann würde gerne wissen, wann sie ihren Mann beisetzen kann." Silke sah erwartungsvoll zu

Marc, der sich zurücklehnte, „Frau Baumann, die Gerichtsmedizin in Oldenburg ist noch nicht ganz mit den Untersuchungen durch, daher kann ich leider zum jetzigen Zeitpunkt keine genauen Angaben machen." Die Frau des Mordopfers zuckte mit den Schultern. „Wissen Sie...", sie zögerte, „Nach diesem schrecklichen Ereignis möchte ich gern wegziehen." Silke von Rainer zu Marc und strich sich über das Kinn. „Ziehen zu Ihren Verwandten?" Frau Baumann schüttelte den Kopf „Nein, wir wollten nach Spanien gehen." Rainer sah sie verwundert an, Marc dachte nach und Silke trat an den Tisch. „Sie wollten mit Ihrem Mann nach Spanien auswandern?" Die Witwe rutschte auf ihrem Stuhl herum. „Das Wetter hier ist nicht so toll." „Aber Ihr Mann war doch verbeamteter Studienrat hier in Augustfehn." Silke und ich schauten uns an und schienen das gleiche zu denken. „Entschuldigen Sie bitte, aber haben Sie uns nicht letztens erzählt, dass Ihr Mann so gern ihn Ihrem Garten gearbeitet hat und dort glücklich war?" Frau Baumann stellte den Kaffeebecher auf den Tisch, sie war nervös geworden und sah mich an. „Ja..." sie stotterte, „Nein..." Marc lehnte sich vor. „Das müssen Sie mir bitte näher erläutern." „Ich möchte doch nur wissen, wann die Ermittlungen beendet sind." Marc sah hoch zu Silke und dann wieder zur Witwe. „Wir haben es hier mit einem Mord an Ihrem Mann zu tun. Die Ermittlungen dauern an, ich kann Ihnen derzeit auch nichts zum Ermittlungsstand sagen. Nur so viel, dass wir in alle Richtungen ermitteln."

Mein Instinkt sagte mir, dass ich mich zur Tür begeben sollte, da meine Anwesenheit Frau Baumann unangenehm zu sein schien, was von meiner Seite aus auf Gegenseitigkeit beruhte. „Mein hat eine Lebensversicherung, die erst dann zahlt, wenn Sie der Versicherung den Autopsie Bericht senden." „Geht es nun um die Beisetzung oder um das Geld aus der Lebensversicherung?" Rainer wurde gegen seine Gewohnheit ungeduldig. Rita Baumann stand von ihrem Stuhl auf und wollte gehen. „Vergessen Sie es" sagte sie unwirsch.

„Moment!" sagte Marc mit scharfer Stimme. „Sie sind mir ein paar Antworten schuldig." Frau Baumann sah sich um und plötzlich ging alles ganz schnell. Sie machte einen Satz zur Küchenarbeitsplatte und griff nach einem großen Messer, das dort lag. Sie fuchtelte damit in der Luft herum und griff nach Silkes Arm. Ich knurrte und dann endlich wusste ich, was mir so lange im Hinterkopf herumschwirrte. Dieser Geruch, ich wusste, woher ich ihn kannte, dies war der Geruch, den ich in dem Raum in der Hütte gerochen hatte. Frau Baumann war meine Entführerin gewesen. Ich näherte mich ihr mit gebleckten Zähnen, doch ein „Geh weg, Siley!" von Silke stoppte mich. Zu gern hätte ich meine Zähne ihn den Arm von Frau Baumann versenkt, mit dem sie mein Frauchen bedrohte. Silke hatte Angst, das spürte ich, doch sie sah mich an und dann wusste sie es. Rainer und Marc waren aufgesprungen und versuchten die wild gewordene Frau in unserer Küche zu beruhigen. „Frau Baumann, legen Sie das Messer weg, damit kommen Sie nicht durch." Silke ballte die Hände zu Fäusten und gab mir ein Zeichen. Ich sprang vor und im gleichen Augenblick holte sie aus. Frau Baumann war von meinem Sprung abgelenkt und Silke schlug ihr auf den Arm. Das Messer fiel zu Boden, Rainer schoss es mit dem Fuß weg von Frau Baumann. Marc war von der anderen Seite herangetreten und packte Frau Baumann. Handschellen klickten und dann war es ruhig. Silke umarmte mich und Rainer hielt uns beide fest im Arm. Marc stand mit einer keifenden Frau Baumann mitten in unserer Küche.

Streifenbeamte fuhren mit Frau Baumann von unserem Hof. Marc erkundigte sich, ob es uns gut ginge. Silke hatte sich gefasst und Rainer brachte Marc zur Tür, der versprach, sich später zu melden. Rainer verfrachtete Silke und mich aufs Sofa. „Heute mache ich den Stall" bestimmte er und stieß auf wenig Gegenwehr. Silke hielt sich an mir fest und ich war dankbar, dass sie mich im Arm hielt.

Marc hielt sein Versprechen und kam am Abend wieder vorbei. In der Zwischenzeit hatte Rainer die Lebensmittel aus dem Wagen geholt und mir das Rinderohr gegeben, dass Silke mir mitgebracht hatte. Die Menschen saßen am großen Tisch Rainer holte wieder das Diagramm heraus. Marc legte nun die Teile so zusammen, dass die Lösung vor uns lag. „Warum hat Frau Baumann aber ihren Mann umgebracht?" Silke war gespannt auf die Antwort. Marc erzählte in allen Einzelheiten, was die Witwe ausgesagt hatte. Sie war beim Verhör zusammengebrochen. Karsten Baumann und sie hatten sich auseinandergelebt. Sie hatten unterschiedliche Vorstellungen vom Leben und so hatte Frau Baumann auf einem ihrer Kneipentouren, die sie regelmäßig unternommen hatte, Klaus Wilmer kennengelernt, der das ganze Gegenteil von ihrem Mann war. Rita Baumann hatte den in ihren Augen langweiligen Ehemann satt und wollte mit Wilmer in Spanien ein neues Leben beginnen. Dafür brauchten sie die 200.000 Euro aus der Lebensversicherung von Karsten

Baumann plus den Erlös aus dem Verkauf des Hauses. Eine Scheidung kam daher nicht für sie in Frage. Silke und Rainer hatten die beiden erwischt, als sie den abgetrennten Kopf verschwinden lassen wollten, daher hatten sie uns angegriffen. Wilmer hatte den Mann von Rita Baumann erschlagen und dann im alkoholisierten Zustand den Kopf abgetrennt und dann die Leiche kopfüber ans Sperrwehr gehängt, um den Verdacht auf einen Rachemörder zu lenken.

Rita Baumann hatte mich dann entführt, sie hatte uns verfolgt und gesehen, dass mein Frauchen mit der Polizei zusammenarbeitete und wollte ihren Geliebten auf diese Weise freipressen. Silke war geschockt, als Marc sagte, dass sie bereit gewesen war, mich zu töten. Rainer beruhigte sie wieder und Marc fuhr fort. Sie hatte früher Bogenschießen im Verein ausgeübt und hatte mich mit Pfeilen erschießen wollen, um Druck auf die Polizei zu machen, dass sie Wilmer freilassen. Marc beendete den Bericht mit den Worten „Nun seid Ihr aber wieder sicher. Dank Euch habe ich den Fall doch noch lösen können. Karsten Baumann wird als angesehener Studienrat ein würdevolles Begräbnis bekommen und seine Frau nebst Geliebtem ihre gerechte Strafe."

„Und der grüne Kleinwagen?" Silke sah Marc an. „Jaaaa... also.... den fuhr Rita Baumann. Der Wagen ist auf die Freundin ihrer Mutter angemeldet, sie hat sich den Wagen öfter mal geliehen."

Rainer holte Whisky aus dem Schrank. „Darauf trinken wir einen schottischen Single Malt, den haben wir wohl alle auch nötig nach dieser Aufregung." Er schenkte drei Gläser ein, die drei stießen an und ich bekam von Silke noch einen Kauknochen. „Den hast du dir verdient" sagte sie liebevoll.

Epilog

Am Samstag darauf, es war Ostersamstag, kamen Hanne, Hansi, Jens und Helge zu uns, um auf der Moorkoppel ein Osterfeuer anzuzünden. Rainer hatte den Grill angeworfen und ich schlenderte um diesen herum. Silke lachte ausgelassen mit ihren Freunden und zwinkerte Rainer zu. Marc erschien und unterhielt sich mit Rainer, die sich bestens verstanden. Silke hakte sich bei beiden unter „Alle Streitigkeiten beigelegt?" Die Männer lachten „Logo!"

Marc schaute immer wieder auf seine Uhr. „Hast du noch einen Termin?" fragte Silke ihn. „Nein, ich erwarte noch jemanden. Ah, da sind sie ja..." Silke schaute in die Richtung, wo Marc hinschaute. Dort standen die beiden Jugendlichen. Silke ging mit Marc in ihre Richtung, ich war hin und hergerissen, da der Grill verführerisch duftete, ich aber auch neugierig war. Die Neugier siegte... Die beiden Jungs baten Silke um Verzeihung und bereuten ihre dumme Tat. Silke lud sie ein und die beiden gingen zögerlich mit. Ich mochte die Jungs, und das nicht nur, weil sie mir Wurst abgaben. Sie wurden oft gesehene Besucher bei uns und halfen Silke auf dem Hof.

Das Leben ist doch wunderbar.

Danke

an

meine Freunde,

die mein Leben bunter machen.

Silke Lüttmann

Krebs sei dank

Wie ich durch den Krebs über
mich hinaus wuchs

Bericht

Print: ISBN 9783751997096
E-Book: ISBN 9783752632989

Silke Lüttmann

Alleinerziehende Hundemutter

Eine Liebeserklärung an meine Hunde

Erzählung

Print: ISBN 9783751958219
E-Book: ISBN 9783752632958

Silke Lüttmann

Aus dem Leben des Labradors Siley

Wie ich mein Frauchen erzogen habe

Erzählungen eines Hundes

Print: ISBN 9783752604726
E-Book: ISBN 9783752652116

ICH WERDE
BÜRGERMEISTERIN

Punkt!

Silke Lüttmann

Print: ISBN 9783754343708
E-Book: ISBN 9783754370551

Print: ISBN 9783754349410
E-Book: ISBN 9783756846528